当代作家精品·小说卷 主编 凌翔

五华顶之恋

王秀营 著

江苏凤凰文艺出版社
JIANGSU PHOENIX LITERATURE AND ART PUBLISHING

图书在版编目（CIP）数据

五华顶之恋 / 王秀营著 . -- 南京：江苏凤凰文艺
出版社，2022.1
ISBN 978-7-5594-6370-8

Ⅰ. ①五… Ⅱ. ①王… Ⅲ. ①长篇小说 - 中国 - 当代
Ⅳ . ① I247.5

中国版本图书馆 CIP 数据核字（2021）第 231466 号

五华顶之恋

王秀营 著

责任编辑 万馥蕾
封面设计 陈 姝
责任印制 刘 巍
出版发行 江苏凤凰文艺出版社
南京市中央路 165 号，邮编：210009
网 址 http://www.jswenyi.com
印 刷 三河市嵩川印刷有限公司
开 本 787 毫米 × 1092 毫米 1/16
印 张 13.5
字 数 140 千字
版 次 2022 年 1 月第 1 版
印 次 2022 年 1 月第 1 次印刷
书 号 ISBN 978-7-5594-6370-8
定 价 68.00 元

作者简介

王秀营，江苏宿迁人，祖籍徐州新沂市，笔名阳心、五华子。中国民主促进会会员，中国小说家协会会员，江苏省作家协会会员，宿迁市散文学会理事。先后在《扬子晚报》《中国校园文学》《时文博览》《散文选刊》等发表多篇小说、散文，在“红袖添香”“华侨网”“正气网”发表文学作品数十篇。散文集《桂花开后》获宿迁市政府文学奖。

《五华顶之恋》内容提要

五华顶千年银杏树下，青年沈允泰和美丽女子王小蛾相恋，后又在此举行庄严的革命婚礼。沈允泰加入本地青年救国会后，两人冲破层层阻挠，团结戚沂河、戚运河、王明法等积极分子，组建交通站、护庄队及基层党支部，为八路军送信、送粮，协助马陵大队袭击驻五华顶日军。戚运河参加新四军后，沈允泰带领群众热心支前，积极从事家乡水利建设，衷心为党，甘洒热血。

改革开放后，沈允泰和王小蛾克服困难承包葡萄园，成为村里的“万元户”；建立村庄阅览室并成立五华顶山区教育捐助点，助力山区的教育富强梦。同时，儿子和儿媳的“海棠爱情”、孙子和孙媳的“桃李爱情”在五华顶上延续着浪漫感人的佳话，谱写着新时代的富强之音。

小说以沈允泰和王小蛾一家三代的爱情和家庭发展为线索，反映了农村在党的领导下由觉醒抗争到改革开放走向富强的过程。小说描写了不同时代的民风民俗，带有浓郁的苏北地方特色。

青春之歌与时代洪流的合唱

——《五华顶之恋》序

王清平

和我在中学做语文老师一样，秀营业余时间创作散文诗歌。记得四年前，我负责首届金鼎文学奖评审工作，他的散文集《桂花开后》进入获奖之列。大约两年前，秀营又有诗集《运河心》问世，并赠我拜读。这次我又看了他的长篇小说《五华顶之恋》，我不禁惊讶于秀营对文学样式的大胆尝试了。也许是随着年龄和阅历的增长，秀营终于意识到诗歌和散文的容量已经很难承载他对社会和人生的复杂体验，非小说难以表达他丰富的思想，所以他的文学创作遵循文学史的逻辑便顺理成章地沿着散文诗歌一路走来，水到渠成地进入了小说创作的天地。有了诗歌和散文打下的深厚功底，小说创作自然就有了较好的基础，因此，他的小说与他的散文和诗歌相比更能看出他的文学功力。

《五华顶之恋》，单从书名就不难看出秀营的良苦用心。毫无疑问，“恋”是这部小说的灵魂。“恋”的内涵很丰富，有主人公沈允泰和王小娥的爱情追求，有对山川的留恋和喜爱，有对家乡的深厚感情，有对国家、民族的深厚感情，也有一家三代人不断鸣唱的进取之声。一个“恋”字表达出作者赋予这部小说的价值表达：青春的爱情之歌融入乡村和时代洪流之中，与国家、民族的命运紧密相连，才是个人价值最好的体现。

可以说，《五华顶之恋》是青春之歌与时代洪流的合唱，是对乡村题材的一次深度挖掘，是对个人生命价值的最好诠释和有益探索。

《五华顶之恋》的情节并不复杂，但却曲折生动，扣人心弦。小说写原宿迁县土城庄青年沈允泰在五华顶山下看麦场时遇到禅堂庄美丽的女青年王小娥，两人在麦场草垛旁产生爱情，并一起到五华顶泉潮庵门前的银杏树下许下婚约。日军轰炸宿城后，沈允泰萌生了抗击日寇保家卫国的理想信念，决心参军报国。他团结土城庄佃户戚沂河三兄弟一起护庄抗敌，受到参加国民党保安团的哥哥沈允马的敌视和威胁。他骑上枣红马去棋盘镇寻找共产党领导下的宿迁青救会，积极投身武装训练和农业生产运动。

鲁同轩在五华顶设立县署，并自任县长兼国民党第七混成旅旅长，指使沈允马活埋给八路军送信的戚沂河，打死佃户，解散土城护庄队。沈允马任国民党保安团副大队长后，多次对沈允泰威逼利诱，多次企图抓捕他，但沈允泰对党的信念毫不动摇。沈允泰和王小蛾结婚后，主动申请入党，和妻子一起组建禅堂和土城两个地下交通站。他还和马陵大队的战士夜袭五华顶敌人据点，身受重伤，完成了打击敌人的任务。他受青救会领导的派遣，在家乡成立第一个村支部，为地方党的建设做出很大的贡献，奏响了一曲纯洁热烈、矢志不渝、勇于牺牲的青春之歌。

对于社会主义建设和改革开放的火热生活，作者采取互动叙述、插叙补充和典型场面相结合的方式来表现。沈允泰作为村支书身先士卒，积极带领乡亲们斗涝战旱，推广农业技术，推广农业示范田，一心为村民着想。改革开放后，他虽然退休在家，却主动和小蛾承包葡萄园发家致富，争当“万元户”，同时重视乡村教育，开办农家阅览室。富裕起来后，他俩积极助学，造福千家万户。小说还刻画了其子沈东方和儿媳李红在五华顶建设工地上火热诚挚的“海棠爱情”以及孙子沈士天和孙媳蔡桃李在山顶相爱、立志投身教育的“桃李爱情”，这样相互补充，共同丰富中心，再现了一家三代重视教育、乐于奉献、昂扬向上的精神风貌。

至此，小说的中心逐次得以表现。本书以沈允泰和王小蛾一家三代的爱情和家庭发展为突破口，反映了农村基层在党的领导下由觉醒抗争到走向富强的过程，展现了三代人七十年的探索和精神追求。小说刻画了沈允泰、戚沂河、王明法、戚运河、戚小光、王小蛾、沈东方等人矢志不渝、衷心爱党、乐于奉献、敢于牺牲的可贵品质。作者用相当的篇幅写背景，写苏北地区的民风民俗，拓展了时代和个人关系的内涵，丰富了不老的青春之歌。

小说在着力刻画沈允泰家庭的同时，也讲述了王明法家庭、戚运河家庭的发展，以及沈允马家庭中的可喜变化，多层次多角度地再现了七十年的时代变迁。小说虽然重点选取了保家护庄、改革开放前后以及市场经济下的教育助学等题材，但表现的时间跨度大（从二十世纪三十年代直到二〇〇八年北京奥运会为止），很多历史事件是通过回忆、穿插、类比的方式写出，这样选材更为宽广深沉，承载的主题和人物形象更立体化。

《五华顶之恋》的文本价值在于学习借鉴影视手法，多角度转换，对人物进行定点叙述和描写。我在阅读这部小说时有一个强烈的感受，那就是这部小说的分镜头感。一个个场景，一个个画面，不同的人物穿插描写。像一个个片段化在处理，但细细琢磨，片段与片段之间又有着内在的必然联系。作者在重点刻画的同时，常通过对话、心理、穿插回忆、点面结合等手法来表现，意蕴丰富。

对于人物矛盾中的角度以及基层人物身上的闪光点，他大胆剪裁，巧妙穿插，大胆在这一题材中跋涉，从沈允泰和王小蛾的爱情线索里一步步折射出社会洪流的气势磅礴。我不能不说秀营不仅有一股明知山有虎，偏向虎山行的勇气，而且具备了巧妙地处理这一题材的智慧。而勇气和智慧正是一个作家难得的素质。

总之，《五华顶之恋》作为秀营的一部长篇小说是成功的。它着力表现青春的火热、纯洁和灵魂的厚度，并把它放在时代的洪流中来张扬、歌唱，这是对精神境界的一次有益的探索，也是对现实题材小说创作进行的一次大胆尝试，非常值得赞赏！

二〇二一年七月二十八日

王清平：国家一级作家，江苏省作家协会理事，江苏省宿迁市作家协会主席，南京市文联签约作家。

目 录

上部　山之恋

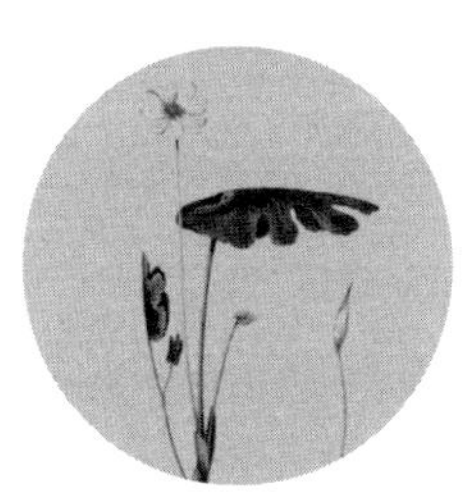

下部　人之恋

上部　山之恋

一　看麦场

马陵山自鲁南奔入苏北平原，就有沂河、沭河相随而下，它们在鱼米之乡驮儿育女，盘出一片秀美的天地。骆马湖烟波浩渺，形如水泊梁山，荡漾着一股股英雄气。沂河和沭河携手之处，孕育良田沃野。这一带马陵山区，特别开阔、翠绿，仿佛从天上落入人间的一处瑶池仙境，而五华顶，就是它最俊美的标杆。村民们世代徜徉在这山水之间，将汗水和忠勇之气献给它。

太阳爬上斗山不一会儿，整个湖面就亮亮的，闪动光泽，碎碎的光点便向沈允泰这边涌来。他直起身，才发现时辰已近晌午。他拨开芦苇，将刚逮的两条鱼放进鱼篓中，便挎上猎枪，顺着湖边向北走。高大的银杏树，遮不住庄严殊胜的大雄宝殿的金光；香烛特有的清香，在这一片空气中传送。他停下脚步，抬起鼻尖嗅了嗅，侧耳听听这寺庙里传出奇妙的诵经声，嘴角便漾起了笑容。他穿过一片松林时，发现一只大灰兔在不远处遛弯儿，不由得心中一喜，迅速蹲下身子，端枪瞄准。

不料那只兔子直身望了他一眼，又旁若无人地挪动着身子，仿佛根本没看到他。允泰一怔，发现这竟是一只待产的母兔。他不忍心打它，站起身自言自语地说："回窝产仔去，这回我饶了你吧。"他略带忧郁的眼睛里闪着喜悦的光，浓密的眉毛也舒展开；方正的脸庞，在圆领马褂的映衬下更显几分圆润和英气。

山下是一条官道，向南通往宿迁县城，向北可接上山东省。此时路上行人不多，马车、骡车更是少见。麦收时节，年岁又不太平，马路虽较为宽阔，但杂草丛生，车辙和泥沟随处可见。允泰刚穿过马路，听到自己的偏后方传来马蹄声，心里一惊。一个穿着短褂的少年，大约十四五岁，短粗身材，勒马停在他旁边。

"少爷，我来接你回去吃饭。"

"你这小子，骑马像个小哪吒一样。"允泰眉毛一扬，"运河，怎么又喊少爷了？快改口呀。"

"允泰哥！"运河答应着，把缰绳递到允泰的手里。

两人牵着马，走上回土城的土路。阳光赤裸，田地里透着腐烂草叶的气息，经风一吹，四下里弥漫一层层白气。允泰回望五华顶，突然眼神一闪，问："运河，我考考你，五华顶所处的五座山哪座最高呢？”

“俺娘说，这五座山是天上瑶池里的五位仙女变的，她们应该差不多高吧。”运河身子往上一纵，为自己的机灵得意了一回。

“五姊妹山。”允泰伸出大拇指，指着山顶说，“高是高，可最高的地方还是泉潮律院。”运河抬眼望去，千松万柏的梢头涌动在那里，托着寺院大雄宝殿的屋脊，十分壮观。

“允泰哥，要真是仙女，你娶哪一个呀？”

这话像是一层粉红色的花汁水，洒得允泰的脸庞红彤彤的，仿佛真有一位仙女在注视着他。允泰的心怦怦直跳，抬手就要抓住戚运河，被运河机灵地躲过。再看时，运河已经拍着马屁股跑起来。“你想峰山仙女是吧。”运河笑得合不拢嘴。

“哈哈，斗山仙女，虎山仙女，奶奶山仙女，黄花菜仙女，你要娶哪一个呢？”沈允泰提着鱼篓不停地追。

拐过黑马河，土城就到了。他俩进了外圩门，把这匹青骡子马拴在榆树上，各自回家了。沈家老宅坐落在内宅门，虽然还有几分霸气，但已然如风烛残年的老人。青瓦上的杂草堆和坍圮的老墙裂缝，仿佛一位伤者正在大口地喘息。这里如今只剩下两家人，前院住着沈允马一家，后院住着沈允泰娘儿俩，中间的院墙有门相通，但日常里是锁着的。

允泰绕过哥哥允马家，拐进了自家的侧门。他把鱼倒进小木桶，正琢磨着烧碗鱼汤给娘补身子，突然听到娘在房间里轻声呻吟。娘从屋里出来，忙端了鱼去烧汤。她的额头横扎着一条方巾，瘦长的脸显得苍老而又疲惫。允泰帮着烧好汤，扶着娘坐在八仙桌前喝鱼汤。

“允泰娘，五华顶山下的麦子刚收一半，就来很多人偷麦子，允泰这也回来了，就去看看吧。”圩外的佃户戚老爹站在门口喊。

允泰娘答应下，忙让允泰过去：“你从骆马湖也回来了，以后这块四十亩的地就交给你了。唉，你爸去世欠下的三百大洋，还等着还呢。”她叹口气，额头上又凝起几道皱纹。

太阳不断增加能量，允泰感到脸火辣辣的，像是麦芒扎过一般。不久，他就爬过虎山，穿过竹林，冲到一处高坡。因为这时，他听到不远处有许多人的喊叫声，知道自家的麦场就在下面。可是，当真的看到麦地的景象时，他就被深深地震撼了，这根本不是看麦场，而是一台活生生的演出剧：齐刷刷的麦茬之上，三位壮士正在表演他们看麦场的绝活。他们腰间各系上一根长约十米的铁链，铁链一头抱紧石磙，铁链抖直处，石磙飞起，像流星锤一般反复旋成三百六十度的大圆圈。那些偷拾麦穗的人，本来蜂拥到麦场抢抱麦捆，看到石磙飞来，便拼命跑开。待石磙旋到他处，他们又急不可待地拾麦穗。持铁链的壮士必须不断地改变位置和方向，必须不断地用力夹持石磙的旋转力度，才能逼退拾麦人。石磙飞舞，拾麦人惊慌，整个场面显得惊心动魄。麦地里扎脚的麦根，还有未清理的麦草和麦捆，又给看场人增加难度。三人一律穿着短衫，腰和背部肌肉凸起，壮如铁牛一般。沈允泰头一回看到这么震撼的场面，心里涌动着一股激流，带动全身都兴奋起来。他鼓掌叫好，可又感到鼓掌可能带来麻烦。他怔了怔，急忙朝麦场那儿跑。

伴随着壮汉的喊声，一个石磙从那边飞过来，大家四散逃跑。远处那位高大魁梧的壮汉，那粗壮的胳膊，隆起的鼻梁，就是小光他爸戚沂河。随着石磙慢慢往这边移动，他恍然大悟，他的旁边一定是运河，夹在两人中间的一定是沭河了。沈允泰的心里，满怀着敬意和感激，巴不得自己也马上有股神力，站在麦地里旋起石磙。围着这块田地的拾麦人，大多是附近十里八乡的佃户。他们没有地，老人妇女全靠拾麦穗充饥。他们有的提着篮头，有的用头巾裹住麦穗，有的没什么工具，就用双手抓一点麦穗。终于熬过青黄不接的时候，他们等到这拾麦穗的季节，常常是妇女儿童齐上阵。这些陌生的眼光一齐聚来，反而让沈允泰觉得不好意思。这些目光是那样淳朴和善，没有谁会表现得傲慢或讥笑他人，亲切和温暖像磁铁一样吸引着他。

“沈公子好。”一个洪亮的声音传过来。

“王老师好。”沈允泰鞠一个躬，连忙向允马哥哥家请的私塾老师问好。这几年他到舅舅那儿照顾湖里的地，日本人占领徐州后，派飞机轰炸宿迁城，娘急忙让他回家来。

“我家就住北面的禅堂庄，听说你家缺人手，我和哥哥、妹妹也帮你家看场子，总算没大碍。”王明启说着，指了指那边的禅堂庄。

麦场上，拾麦穗的人群和扔石磙的人仍在较量着，你来我跑，你撤我进，好像在玩着永不疲倦的游戏。可有时候，危险随时会露出丑陋的脸孔。正谈话间，允泰突然发现一个老妇人往回跑时，跌倒在麦地里，他急忙跑去搀扶。一刹那，石磙从距离他的左肩仅半米远处扫过，明启顺势一拉，总算让允泰脱离险境。“允泰呀，石磙很危险的。”他说着，声音有些颤抖，额头上竟然渗出了一层汗水。

“老师，记得你说过，孔子大圣人见马厩失火，首先是询问人的安全。”允泰笑着说。

明启老师眼里闪着赞叹的光泽，连连点头，拍着允泰的肩头说：“你虽读书不多，却明白事理啊！如今这乱世，还是需要仁孝忠义呀！以后呀，我有好书就推荐给你。”

正说着，只见麦场上的石磙慢慢地停下来，稳稳地停在麦地里。戚沂河赶紧退下腰间铁链，慌忙朝这边跑来：“允泰公子，没碰到你吧，可把我吓坏了。”“没事儿，你的表演太精彩啦，快停下来歇歇吧。”允泰掏出手帕递到沂河的手里，又招呼沭河和运河停下。

“我自己有，你的手帕没力度。”沂河从腰间扯出毛巾，在脸上和胳膊上各捋一遍，用力一拧，便流下一摊汗水。

“我看就让乡亲们拾吧，都挺不容易的。”允泰说。

沂河脸涨得通红，大声嚷嚷：“这怎么成，你家大娘不会同意的。你家也不容易，还欠着——”

“老师，你看怎么办？”允泰说。

“大哥，你过来看看。”王明启说。

王明法不像他二弟明启宽额大脸，而是圆脸龙腮，一双眼睛格外有神，一看就是一个有办法的人。他虽然只有二十多岁，漆工和木工都很精通，还会修屋、排船、做生意。“我们几个把麦地里剩下的麦捆都集中到一起，其余剩下的麦穗再让大家拾，公子你看可好？”明法哥给出了解决办法。于是大家分头行动，很快把剩下的麦捆从麦地里抱走，堆在一起。饥民们心领神会，一起冲向麦场，一时间像一群鸟雀，占领了整个麦田。他们不顾麦茬刺破手脚的危险，急切地频频点头捡拾麦穗。

芒种时节，地气从土壤里丝丝地往上冒，经太阳的烘烤，空气中的热量便酿成热气，蒸得人们发懒发困。这儿一块麦地抢收，那儿一块豆苗忙活，加上布谷鸟的催促声，农人们的生活节奏也被带动起来。饥民们大多脸呈菜色，衣衫不整，若不是生活所迫，谁会受此折腾呢。沈允泰看到这番场景，心里真是五味杂陈，他只想让这些饥民们多拿些，再多拿些，而自家收入的多少早已被他抛到脑后了。他往麦田深处走去，想看看能帮他们什么忙。拾麦穗的人多，脚步杂乱，难免有麦穗被踩到泥土里。要知道，一颗成熟的麦穗就能解决一人的口腹之饥。他弯下腰，正要去抠一颗半埋在泥中的穗头，忽然听到一个声音传来：“好闺女，让你受累了，这怎么好呀？”只见一个衣衫褴褛的老妇人，走路一倒一歪，她一手扶着篮头，一只肘支在一位姑娘的肘弯里。她的皱纹在菜色里更显衰老，身子颤颤巍巍的好像要支撑不住似的。沈允泰忙上前想扶住这位老奶奶，这才看到她身边竟有一位美丽的姑娘。

姑娘一边帮老奶奶拾麦穗，一边宽慰她，没有注意到允泰。这姑娘十七八岁的样子，杏脸桃腮，眉目清秀，一双扎得整齐的长辫子从双肩上探过来，在蓝色褂襟的映衬下，恰如欲飞的精灵。允泰刚看到的一刹那，仿佛有股仙气飘来，身子顿时柔软了许多。他怔在那里，想说什么，又不知从何说起。他怎么也没想到，在这拾麦穗的人群中，竟然有这么一位如仙似花的姑娘。

“老奶奶，你先歇歇吧，我来帮你做。”沈允泰说着，过来扶住老奶奶，让她坐到田埂上。老奶奶从怀里拽出汗巾，边擦额头上的汗边连连点头。

“你是——沈公子！”姑娘看着沈允泰热情地说。她眉毛微垂，紧成一弯，反倒让人觉得很陌生。

“你知道我？请问你是——”沈允泰说着，心里像有花在簌簌地开，似是刚才银铃般叫声唤醒的，又似是心间本有一块洁白的春野。

“我二哥告诉我的，我叫王小蛾。”她说着，指了指木轮车那儿，“那位老师，你看。”

“哦，王老师的妹妹。”沈允泰恍然大悟似的说。

“本来嘛，娘让我来喊二哥办事的，正巧看到蔡奶奶一个人来拾麦穗，我就来帮她了。”王小蛾说，“不过，还要谢谢你，你看蔡奶奶拾了半篮头的麦穗，一直在谢你。”小蛾用佩服的眼光望向允泰，好像是再替蔡奶奶谢他一回。

“自家的麦子，谢什么呢。”沈允泰说完，跑回木轮车边，抱上两捆麦子，快步赶过来。老奶奶一看他回去拿麦子，怎么也不肯收，忙让小蛾帮着离开麦田。沈允泰直愣愣地跑到刚才老奶奶歇息的田埂边，追上小蛾和老奶奶，硬是把麦捆塞给老奶奶。“折煞我呀，折煞我呀，我来你家拾麦子，怎么能接受你的麦捆呢？”老奶奶气喘吁吁地说。“小蛾姑娘，你就帮我劝劝老奶奶吧，要不，我帮着把麦捆送到老奶奶的家里。”沈允泰诚恳地说。

他有公子的清雅，却没有公子的傲气，对待普通人家也有一副热心肠，多好的一个公子呀！王小蛾看着允泰，心里升起一股崇敬，好像有丝丝的情感，瞬间长成爱的禾苗。允泰的额头冒出了汗珠，说话矜持，不觉平添几分可爱。以前听二哥谈起，曾羡慕许久，今天竟然在这片麦田里相遇，也算是意料之外的惊喜。“沈公子，老奶奶我来劝。”王小蛾说，“你抓紧去帮忙吧，还有十多里的路程，这送麦子的事交给我好了。”小蛾望着西沉的太阳，又看着沈允泰宽阔的肩膀和白皙的脸庞，一股清雅气息，和着田野清新泥土的味儿，心里扑腾腾像有兔子在跳。

夕阳沉到树梢的那一刻，成熟了许久的果实被染成了金色。而允泰的心，像是被什么激荡着，满心的欢喜。

戚家三兄弟从那边推来木轮车，正把麦捆往上堆，不久就堆成小山似的。晒场早已整好，就在靠近麦田的一侧路边。麦捆在场上铺开，像一层厚厚的被褥，一粒粒滚圆的麦子从娘胎里剥离开，聚在麦秸中。像一颗颗小星星，睁着陌生又好奇的眼睛，亮亮的，很有神气。麦秸也是油光滑亮，柔软光洁，舒适而熨帖地躺在那里。这一切，对于允泰来说都是稀奇的世界。当然，拉石磙、压场和堆草垛，每一件他都喜欢，他不停地和戚家三兄弟一起较劲，正逐渐成为一个真正的好把式。

月亮呼地跳起来，就挂在麦田上方，皎洁地亮着。它不远不近地亲切地挂在半空，圆圆的透明的，如一颗历练几个世纪的丹药。它的光辉洒遍河谷和山道，把四周郁郁葱葱的山也照得神秘多情。

二　草垛

窗外，先是传来几声鸡叫，接着更多的鸡叫声在黑漆漆的夜色中响起，犹如一支嘹亮的交响曲。允泰早已醒了，正想着在麦田里与王小蛾见面的情景。他从床上坐起。“小蛾，你真是一朵漂亮的杏花，脸型也像，清澈的眼眸也像，连神韵都像。”他自言自语地说，“我想见她，我现在就想见到她。”他蹬开被子，披衣下床，想拉开房门，这才发现会吵醒娘，只好又溜回房间。他调皮地把手伸向窗外，试图找个缝儿钻出去，可他又不能马上变成小蜜蜂。正在此时，他嗅到丝丝的香味儿，在他的心里发酵成悸动的心跳。窗外不远处有两棵香椿树，靠近窗帘和厚厚的青砖的一角还有一株月季，想必它们也已早早醒来。他站在窗前，仿佛心中厚重的壳被润开，有杏花的香在开放。这美妙的时辰，我们的允泰陶醉不已。

慢慢地，窗外的夜纱已被亮色点燃，褪去人们关于她神秘的遐思。允泰轻轻地推门，拿木桶去前院井中打水，又把草料拿到内圩那儿，准备给马儿做饲料。内圩门虽然还没开，允泰已经能听到圩外十多户人家的吆喝声和牲口的叫声，知道沂河、沭河他们已下湖去了。他折回家想做饭，不料正遇到娘。娘已把早饭做好，正在准备祭祀的果脯。

小蛾在干什么呢？允泰吃饭的时候，突然想：对，我学着写信，写好多好多信。

“娘，今天上午没事，我再去找王老师学习去！”他大声说。

“好的，和你允马哥家的侄儿比一比，以后呀，让你哥帮你找个工作，就享福了。”允泰娘说。

允泰打开墙边的抽屉，找到了一本草纸本和一支小号毛笔，他小心翼翼地放进挎包里，往允马家跑去。刚进院子，他就听到走廊里传来孩子们的读书声，看到王老师手里拿着戒尺，严肃地注视着眼前的五个学生。允泰跑到王老师面前鞠了个躬，就悄悄找个凳子坐下来，拿出《三字经》开始背书。读书结束，毛笔习字课开始后，允泰到旁边的屋子里去拿字帖，突然看到一个姑娘正在写字，原来是王小蛾。他怔在那里，心怦怦直跳，以为是做梦，不敢相信这是真的。王小蛾看到他，却是会心一笑，说：“沈公子，我会写名字啦。”她扬起手中的习字帖笑起来。允泰从惊叹中回过神来，倒有些局促不安，嘴角突然冒出一句：“你怎么在这里？”说完，他感觉空气都在颤抖。

“哦，二哥说，你家宅子大，是三院九景布局，我特意来看看。”王小蛾认真地说。

“这下好了，你也教我写字好吗？”小蛾的脸颊上飘起了一朵红晕，她忙转头去拿笔。允泰点头，摊开草纸，润好毛笔尖，工工整整写下“沈允泰”三个字。王小蛾拿毛笔仿写一遍，把他的名字写在自己名字旁，反复看了看，像欣赏一幅画。

习字课结束，王小蛾终于能独立写好他俩的名字，她的笑容绽成一朵杏花。趁着休息时间，两人溜到前院，绕过天井里的各种花木，来到坛前的月季旁。离他们不远的地方，花椒树红艳艳的果实缀满了枝头。

“这片院落，只剩空架子了，如今住着我家与大伯家。”允泰说道，“圩外那儿，三十多家的佃户，人多牲口多，整天忙呵呵的，我倒很喜欢。”

“我家有几亩地，也算是佃户，我正好又喜欢这儿，又喜欢那儿的生活。”小蛾说。

“你比我大一岁，生日比我大一天。你看呀，我是民国九年生，生日是农历五月初四。”小蛾如数家珍地说。她靠近一朵月季嗅了嗅，眼睛眯成一条线。

沈允泰虽然感到巧合，却没有小蛾细心，他有板有眼地拨着手指，这才肯定地说：“公历更准，我是六月十八日生日，你是六月十九日。”太阳一溜到了头顶，夏至的暑气，烫得叶片儿浑身火热。小蛾回家时，允泰和她约定，两天后要去那边看麦场，请小蛾帮着看看何时可以种上毛豆，小蛾愉快地答应了。

这天饭后，沈允泰吃过生日面，到圩外牵一匹青骝马，往山西麦田赶来。允泰换上尖头靴子，没有穿长领大褂，而是换上月白对襟小褂，便于来往。这对襟小褂特意留一处白色袖口，显得很干净。翻过五华顶，沿斗湖一路前行，绕道虎山北坡，离麦田就不远了。他重新骑上马，穿过松林间的小道，一直到麦田西侧的山道旁。此时的麦田一片寂静，地边的草垛一字排开，显得高大结实。草垛呈圆柱形，足有四米高，麦秸一缕缕叠成岩石状，形如碉堡。他走过草垛时，突然听到上面传来娇柔的声音：“允泰哥！”他吃惊地向上一看，原来是小蛾趴在上面，身子悬在草垛上方，正摇摇欲坠。

“怎么啦？小蛾，你别动呀，有危险！”允泰着急地喊。他靠近草垛，伸手向上蹦，却够不着。他一边安慰小蛾，一边着急地伸出双手。小蛾呢，反倒不着急，蹲下身子，伸出手来，向沈允泰这边挪了挪。她今天穿着浅蓝色花格大襟褂，袖口镶着花边，光洁乌黑的辫子束成一结，衬在洁白的脖颈处，似开出一朵纯洁的花。她的身子在麦秸上颤颤地，手也颤颤地伸出。在这双洁净的手儿上面，秀眉下是一双深碧如玉的眼眸，正充满柔情地望着允泰。两双手儿只隔着一尺多远，悬在那里，只盼眼儿去搭建桥儿。沈允泰的心变成雄阔的水面，波涛汹涌，要冲向天山，要冲向瑶池。王小蛾的脸颊上，那青春涌动的脉络，变幻出奇异的绯红，在洁白的肤色上浮动，闪动着奇幻的仙色。这天庭的雪，杏花瓣儿上的红，渐渐地成为允泰的信仰和遐想，定格在他一生的爱情里。时间和空间仿佛凝固了一般，柔美的手指与壮美的手指，颤颤地，在努力地靠近。这是生命的歌声，搅动心灵的冲动。他俩默默地对视着，一个在地上，一个在半空，石火的光，在彼此的心里绽放。

王小蛾的脸变得更红，她的柔美泊在沈允泰的心里。她没有逃避，而是继续深情地看着他，期待那傻傻的相握，期待着他厚实的肩膀。“泰哥，我——”小蛾想说话，却羞在那里。允泰仿佛被磁铁吸着，踮起脚，再踮起脚。就在他的手握住小蛾手的这一刻，他的手麻得厉害，一股电流袭遍全身，接着就有一股激流在他胸口激荡。小蛾缓缓地往下滑，伸开双臂拢住允泰的脖子，心也仿佛驶入久盼的港湾。允泰抱住小蛾的一刹那，脸颊不禁靠近她脸颊上的“雪里红”，连呼吸都听得十分清楚。小蛾急得推搡一下，这才滑到地上，她躲到他的身后，把头藏到发丝中。允泰亲切地问：“碰着了没有？你怎么上去的？”小娥理了理发丝，顺手扯了一截麦秆，在手心里搓着，说：“我本来在这儿等你的，没想到我看到不远处有一条蛇，情急之中，我正好看到一个梯子，就顺着梯子爬了上去，可谁承想，由于紧张，慌乱中将梯子蹬倒在地，我却下不来了。”她指了指草垛后面，甜甜地笑起来。

麦田里冒出很多绿草，几乎没过麦茬，把整个麦田都染绿了。允泰和小蛾站在那里，心里满是希望，满是成长的快乐。四周的山形成幕墙，把他们围在核心。

“咱们一起到五华顶泉潮庵许愿，好吗？”允泰打破沉默，生硬地问了一句。

“我每天一抬头，就能看到五华顶青翠的松柏，还能看到泉潮庵大雄宝殿的屋脊。”小蛾一脸的骄傲。

他俩从西寨口进入，轻快地穿过一片乱石滩。小蛾看到绿丛中有一片月季，显得非常耀眼，跑过去摘一朵，放在允泰的鼻尖处，调皮地问他：“泰哥，当着这朵鲜艳的生命的面，我想让你再说一遍，你喜欢我吗？”“我特别喜欢你！”允泰一句一顿地说。“那我俩到寺庙许愿吧，你愿意吗？”“当然愿意，咱们现在就去。”他俩踏上斗湖和七真岩洞之间的巨石长道，来到五华顶上泉潮庵门前的银杏树下。这株银杏树高大、粗壮，树干上和枝叶处系满祈福的彩条和清脆的风铃，被人们誉为五华顶的“镇山神针”，十里八乡的村民多来此祈福、许愿，已成为一种风俗。他俩手拉着手，先到庵内拜过观世音菩萨和释迦牟尼佛，又到天王殿的法师面前求了一条长长的彩带。法师打量他俩，不禁微微赞叹，说道：“你俩可是我见过的最般配的一对，来，写下你俩的心愿吧。”小蛾和允泰耳语几句，就一起说：“法师，请给我俩写上‘永结同心’四个字。”法师写好后，双手捧起，一头戴在允泰的脖子上，另一头飘在小蛾的胸前。他俩走出大门，来到银杏树下，一起将彩带系在树枝上。

阳光从树叶间洒下，给静谧的环境增添几缕亮色，虫们和蛙们也鼓起碎碎的清脆的鸣响，发出彼此亲吻留下的天籁之音。他俩站在银杏树下，看无数的叶片在白云蓝天里摇曳，不禁心生神往。小蛾从口袋里拿出一个香囊放在允泰的手中，深情地说："允泰哥，这香囊代表我的一颗心。"允泰双手接过，小心放在内衣袋里，伸手递过一支铅笔，放在小蛾的手里。"这支铅笔送给你，希望你用它学到更多的知识。"允泰说。钟磬声高亢有力，诵经声悠扬、耐听，将两颗心紧紧地连在一起。泉潮庵此时更显庄严肃穆，美妙的佛音一波波传到他俩耳朵里，传到他们心里，像是营造心灵的爱的氛围。

"今天是公历六月十八日，每年的这一天，我俩都一起来这里结一根彩条。"允泰和小蛾面对面站着，默默地对视着，又一起说出同样的话，不禁都笑出声来。阳关点点洒在他们的肩头，仿佛在为他们默默地祝福。

抬头看，五华顶高高地挺立于群山之间，超越于俗世的杂念之上。两颗自由、欢快的心，在丹炉和香炉的氤氲下，有了纯粹、坚定的信念。

三　挖地窖

爱情是一双翅膀，带着允泰和小蛾在甜蜜里飞。立冬过后，寒气层层加深，草木上一片枯黄，唯有松树站在那里，颜色不改，小蛾和允泰的爱情逐渐加深，已到了谈婚论嫁的时候。

小蛾家紧靠禅堂寺大雄宝殿的东山墙，也算是独门独院。三间堂屋，石头墙干草缮顶，小娥住在靠西的房间。东面有两间偏房，前面还有两间石墙草顶的过道房。院落往东不过七八米，就是一条山道。这条山道虽然比不上山东面的官道，却也是南来北往的要道，连接着十里八乡的村庄。

在小蛾的记忆里，全家一天到晚忙活，也仅仅能维持半饱状态。她的父亲常年在宿迁城西的一户人家帮着照看林地，一年到头也不回家，家里全靠娘和她的大哥明法操持。大哥王明法会木工手艺，会打算盘，是十里八乡有名的“算盘王”。二哥王明启也会打算盘，还上过三年私塾，回来后成了沈允马家的私塾先生。他们相信，人有小算盘，一定要毫厘不差；天有大算盘，是非自有运数。

父母和哥姐很仁善，裹小脚自然不用，对她的婚姻也很开明。可这几天，她的心愈来愈乱，为着允泰的爱情，她忽而失落，忽而甜蜜，忽而自责，忽而歌唱。她的心由不得她，而是让允泰的心操控着。

天刚亮，她就起床梳洗打扮。她特意用皂角仁洗头，使自己的秀发别有一种清香。她小心翼翼地拿出允泰送她的铅笔，抱在胸前，连连吻了几口，好像是抱着一根定海神针。她又轻轻地将它放回包里，舍不得用，而是拿出二哥的毛笔，写上沈允泰和自己的名字。练了半个小时，一直都是这六个字。窗外太阳已跳到石头墙上，把整个院落抹上一层亮色，她正要喊二哥，忽然意识到二哥已经翻山去了沈家。哎，都四五天了，托二哥带的字条，也不知允泰哥收到没。她开始担心起来，要是让别人看到，会出丑的。

“小蛾，来帮我把石臼窝挪到门外，到舂米的时候了。”娘喊她。

大哥明法正在院外山道边做木凳、木桌，锯木声和敲击声不时传来。小蛾噘着嘴，懒洋洋地挪着身子，脚下一歪，差点摔倒。她重新站稳脚跟，和娘一起用力，拼命往那边拖拽，这才把石臼窝挪动一米远，娘放上高粱秫秫，抱来一根木棒，竖起，狠狠地捣下去。一下，两下，院子里满是沉闷的舂米声响。

“娘，你歇会儿。”小蛾心疼娘，忙抢过捣米棒，用力且均匀地捣着臼底，每一次扬手，腰背部一起一伏，秫秫粒儿就跟着翻卷上来。不到半小时，小蛾的脸上渗出豆大的汗珠，“娘，我和允泰的婚事，爹爹怎么说的？”“你爹不同意。他属猴，你属鸡，鸡猴不对头。你爹找人给你算，你适合属蛇的，在咱家南方为好。”小蛾一听，急得额头冒汗，正准备找娘理论呢，只听见明法哥在院外的路边喊：“小妹，这板凳饭桌有点儿沉，你帮我带到山东面的王庄去卖。”

“好的，我就去。”小蛾说。不管能不能碰到允泰，她都要去试一次。两次托二哥，可二哥就是不再带她去沈家，为此她还和二哥争吵过。

“明法，路上很乱，听说宿迁县里的大小官都跑到了乡下，还公开拦截人家闺女，不能让你小妹去。”娘着急嚷道。

“娘，我和妹妹从大龙沟翻过山东去，这一路偏僻，不会有土匪的。再说了，我还要买块石板，回来挖地窖防空呢。”明法大哥说。娘拗不过他俩，就到锅屋抹两把锅底灰，放在火纸里包给小蛾，叮嘱她路上遇到坏人，就在脸上抹锅底灰，把头发拨乱。娘又让她不要穿彩色的衣服，改穿家里的老蓝布大褂。

允泰家虽然和王小蛾家只隔十里地，但情况却更糟糕。因为这边靠官道，日机轰炸宿城的消息很快传来，情形比前些年的匪乱不知严重多少倍。日机扔下一颗炸弹，瞬间可以把土炮楼夷为平地。再厚实的墙也是无用，再坚固的炮楼，也防不住来自空中的偷袭。日军已占领临近的睢宁县和邳县，进攻宿迁已是早晚的事了。沈允泰照例到前院找王老师听课，刚听了一会儿，允泰娘慌慌张张地跑来，让允泰到王庄街上买几块石板，回来在墙角挖防空地窖。允泰答应后，就跑到外圩门找戚家兄弟帮忙，路过十多户人家，家家都在忙着挖防空地窖。

戚运河看允泰来找，就拿上铁锹来到内圩门，在允泰家院外靠右处找好地方，挥动铁锨挖起来。

允泰赶紧骑上马，到街面来买石板。刚到街拐弯处，突然一幅崭新的壁画吸引了他。这幅画足足占据了整整一堵墙，画上有个青面獠牙的日军士兵倒在地上，上方是五个暴怒的拳头向那日本兵砸去。在画的上方有一行血色大字：万众一心誓灭倭寇！沈允泰跳下马，握紧拳头，一股正气从心中涌起。他看向四周，街角静悄悄的，看不到一个人。他牵马继续往前走，拐到东西街上，发现了墙壁上的一行“坚决消灭来犯之敌”几个遒劲有力的大字。往前看，西街口那儿堵满了人，还有人在高处挥动手臂。

一位戴着眼镜、脸形瘦削的中年人，正站在桌子上讲述日寇轰炸宿城的罪恶，号召群众团结一心，保家卫国。人们围着他的桌子，站成一个很大的圆。允泰往前走几步，他甚至可以看清讲话人刚正而充满正义的眼神。中年人的身旁，两位青年正在给大家发放材料。允泰接过一个小册子，上面写着《一二·九运动》，书名的下方写着“石在，火就在”。浓墨的字体，让人警醒的文字，直叩沈允泰的内心，他感到自己的心在火燎燎地疼。他将书小心地放在内衣口袋里，拿胳膊肘抵住，生怕它掉到地上。这位中年人好像知道沈允泰最关心什么似的，开始讲如何防毒、防爆炸、挖地窖等知识，讲解得很细，连地窖的尺寸大小、通口安全、土质要求都提到了。允泰再次踮起脚，怀着感激的心情端详这位中年人：长方脸因瘦削显得更加细长，两腮似是瘪了的白梨，上面布满倦容。眼睛很有神采，显得睿智又博学。他讲话时的语速语调亲切又自然，显得十分温和。他穿一身灰色的中山装，身子略微前倾，看上去就像就是自己的邻家大哥。允泰断定，他一定是个了不起的人物！

正在允泰沉思的当口，那位中年人和两位青年已经站到一起，开始为大家唱起《抗敌歌》。歌声凄凉悲壮，苍茫雄浑，激荡着一种复活和坚守的旋律，在人群的上空飞翔。“一心一力团结牢，努力杀敌誓不挠”，激扬的歌词催人奋进，立刻感染了现场的听众。允泰的耳边，不时传来鼓掌声、呐喊声，仿佛有一种坚不可摧的力量。

“都别动，快把宣传单小册子交出来，谁都不准拿走。”说话间，一群保安队的士兵嚷叫着，冲了过来，把那位中年人和随行的两位女青年围住。那位中年人很镇静，扶了扶眼镜架说：“我是县动员科长于之春，我带县里的政训员宣传抗日，你们也要管？”他说着，弯腰拾起散落在地上的宣传单和小册子。

“你是共产党吧，跟我们走一趟。”“现在是国共合作抗日，你不知道？”于科长说。

“我们接到鲁县长的命令，只准政府和国家军队抗日，不准民众抗日，你们这是惑乱民众。”保安队长说。

“抗日无罪，民众抗日万岁！”于科长对着人群大喊。

“抗日无罪，民众抗日万岁！”人群中也有人喊起来。

一名叼着烟的团丁一声吆喝，保安队不管三七二十一，围住于科长三人，要强行把他们拖走。沈允泰气不过，正想上前阻拦，却被保安队的人挡住去路，“你们这些保安狗，平日什么也不问，凭什么阻拦民众抗日？”他大喊说。

忽然，他的肩膀被轻轻拍了两下，他回头一看竟然是王小蛾。他眼里闪着兴奋的光芒，正想上前拉她的手，突然看见她旁边的大哥明法，忙把手缩回来。允泰的心突突直跳，脸上像是有火在烧。“真巧呀，想谁就来谁。”小蛾轻轻地说，她的脸上藏不住心中的秘密，脸上又飞起“雪里红”——洁白的脸颊上飘上一片红霞。

“允泰哥，今天能遇到你，真好！”她见允泰穿着短夹袄，不觉心里发冷，忙把允泰的袖口往下拽一拽，整整他的袖口。“允泰，娘和大哥二哥都支持咱俩，只是爹，有点迷信，应该不碍事。”王小蛾直言快语，好想一下子把话倒完，害怕允泰马上就会跑掉一般。

“我已和娘说了，她还没说定，娘会同意的。”允泰很绅士地鞠了一躬，“改天我就让媒人去你家说定。”允泰扶着小蛾的肩膀说。

“我等你。”小蛾说，她的眼角不知何时竟挂上两滴晶莹的泪珠。允泰拿手帕去擦，小蛾低着头，泪水不争气地流下来。

“允泰，我支持你和小蛾的婚事，咱家等着你的好消息。”明法大哥说。

允泰的脸上洋溢着激动又幸福的神情，坚定地点头。爱情到了开花结果的时节，在心中化为磐石的力量。临别时，他叮嘱小蛾千万少外出，遇到特别情况一定要躲在防空洞里，“我挖两个地窖，一天到晚不用出来，那不变成老鼠了。”小蛾说着，露出会心的微笑。

“小蛾，刚才你一定听到于科长的讲话了，他讲得真好，只有团结民众，才能赶跑日本人，才不用住阴暗的地窖。”临别时，允泰把自己的想法说出来，他觉得于科长的话句句在理。

“他是替咱们老百姓着想，说到咱们的心坎里了。”小蛾望着天上洁白的云，仿佛一下子找到了希望的光。

两人告别后，沈允泰赶紧买了石板往家走，路上每回见到人，他都告诉人家挖两个防空洞好。“挖地道才好呢，可以家家串门。”运河听到允泰这么说，就和他打趣。

这个洞穴在房间外一棵大榆树的南侧，深两米，宽一米有余，可以容下两个成年人。允泰帮运河将石板扣在洞口，又挖出一角，用石墩锁住，留作暗门。允泰娘用盆端来薄土敷在石板上，又撒些杂草，这才重重地松了一口气。允马哥不在家，嫂子正和丫鬟一起做饭吃，大伯母在客厅里靠在太师椅上闭目养神。允泰又招呼运河到前院大伯家，帮着挖好防空洞。

月亮冷冷地照在树梢之上，在暮色里愈显孤独，允泰刚进家门，发现娘正焦急地在院子里走来走去。

“造孽呀，造孽呀，外面这么乱，你可不能这样乱跑了！”允泰娘叹气说，“连五华顶山寨门也封了，怕以后比土城还乱。唉，那里可是观音菩萨的道场呀，求菩萨显显灵吧。”

“娘，我和小兰没感情，她家又嫌贫爱富，已经好几年没走动了。您就请媒人去小兰家退婚，好不好？”允泰说。

允泰扶着娘进屋，帮她洗脚捶背，不停地宽慰她。他的两位姐姐早已远嫁，平时很少回家，父亲也去世快十年，平日里只有允泰和娘相依为命，所以他很是孝顺。“你和那王小蛾的婚事绝对不能成，小兰那姑娘是早已说定的，我们沈家也是规矩人家，必须遵守婚约。”娘的口气很坚决。

四　土城心声

狂妄的西北风，化作邪恶的怪兽，肆意地撕咬朴实和善良。它借乌云的手和冬雨的锤，钻进苏北平原的城市和乡村，横冲直撞，喷吐满目的残暴和凄凉。高峻的五华顶，以它郁郁苍苍的雄心，指遍人间生灵，在点点阳光中复活村庄的炊烟和青碧的河水。雨水不停地砸下，发出沉闷的响声，满地的落叶做了寒冬雨中的冤魂，瓦楞上发出嘎吱嘎吱的响声，似乎随时会断裂似的。矮墙上泥坯掉落，只露出伤痕累累的脊骨。院中的树木在大风中东倒西歪，房间在大雨中微微颤抖，天地间仿佛没有一丝暖意。

允泰双手捧着《一二·九运动》这本书，时而大声阅读，时而贴在胸口，时而举过头顶，“华北再大，也安放不了一张课桌”，“石在，火就在”，他反复地低吟着，体会着，心里充满着燃烧的激情。他抬起头，望着窗外的冬雨：只有保家卫国才能安身立命，只有民众抗日，才会把石头打出火来。石头就是火，我愿做这样的一块火石，先燃烧起来的火石！

“哎，我怎么没有问清楚他们三人住哪儿呢？”沈允泰开始自责起来，现在想找他们，可是连一点信息都没有。“他们三人一定都是共产党员，他们一定是一把把火炬，必将照亮夜空。”允泰的眼前浮现出于科长的形象，他的脸虽瘦削，但精神十足，留着短发，眼睛有另一种灼灼的光；他儒雅又坚定，声音洪亮又有力！我要找到他，向他请教更多的道理。“可是，可是我的家庭出身，够不够共产党人的标准呢？”他想到因吸食鸦片而死的父亲，想到地主老财皮鞭下的佃农们。

允泰冲进雨里大步向前走，冰冷的雨砸到他的脸上，化为温热的气息。他一口气跑到圩外的炮楼处，顺着梯子爬上炮楼楼顶。举目四望，田野平畴，一望无际，五华顶上带着清亮亮的色泽，使得原本葱郁的山头更显雄浑苍翠。“这块吉祥而美丽的土地，吾辈自然要守护！”凝望着眼前的土地，允泰久久不愿离去。晌午时分，雨点渐渐变小，变为粉末状，最终只剩下一阵阵寒冷的风。允泰走下炮楼，心里更加坚定和明朗了。

土城村是周围十里八乡有名的村子，有黑马河和炮楼，可谓防守严密。内圩门里住着十多户沈姓本家，多是青砖黑瓦的大宅院。内圩门和外圩门之间，有一扇厚重的木板门。内圩门的内侧就是一座护庄的炮楼，土匪猖狂的那几年，炮楼可是立了大功。外圩门东南角到南面，住着二十多户佃农，这些人家大多租种沈允马家的地。佃户人家的外围，挖有壕沟，仅有东面一条路可以进出。土城村北面和西面，紧靠黑马河，靠近河堤的地方砌有两米多高的土墙，可以眺望河外路上的动静。整个村子如欧洲的一个城堡或是庄园，圩内的财主可以拥有至高无上的权利。

允泰走出内圩门，正好遇到沂河等七八个村里的青年。他站在一块石头上，模仿于科长讲话的样子，慷慨激昂地讲起他遇到共产党员于之春的经历，还讲解如何防空、防毒以及民众联合抗日的事，大家围在他身边，七嘴八舌地追问该怎么办才好。

正在议论间，沂河突然示意大家不要讲话。沈允泰抬头见是哥哥沈允马带着两个保安队的士兵走过来，就主动和他打招呼。允马板着脸孔说："你们说什么呢？县里通知抗日，有专门的军队，不准民众聚集、议论。你们不知道吧，咱鲁县长马上就把县署搬到咱五华顶，千万别让他们逮着了。"他狠狠地瞅一眼沂河，喊了允泰一声，就醉醺醺地走近内圩门。沈允泰看着戴长檐帽、穿着黄绸大褂的允马，突然觉得自己和他隔着一重山。允泰没有跟着允马回去，仍然和大家议论护庄的事。

"你哥的护卫队恐怕靠不住，咱们要成立一支护庄队，保护咱们穷苦人。"沂河对允泰说。沂河平时是个直性子，这次却皱起眉头，好像经过了很久的思考。他望着圩内圩外，眼前逐渐明朗起来。

“沂河哥说得对，我们应该组织佃户护庄队，这样我们就不怕它什么护卫队了。”允泰说。他知道，只有团结大部分人，庄子才有希望。

“你看他的大老婆，和沈允马一个德性，倒是小老婆翠翠，还挺和善。”沭河小声说。

允泰回到家时，只见允马娘站在院子里嚷嚷：“他二婶，老子败家儿子可要争气，他要是和穷人搅在一块儿，可就没救了。”允泰没有理会，叫一声伯母好。伯母应了一声，给允泰娘使个眼色，就挤过两家之间的门缝，咳嗽两声，把门上了锁。允泰娘拉过他，说：“你哥允马现在是咱王庄乡国民党保安队副队长，他能不知道？国民党城里的官大都跑回家了。听泉潮庵静慧法师说，在宿迁城里的下院极乐庵外，到处是尸体，孕妇和幼儿都被摔死在街口，血流成河，派去的一个和尚七八天吃不下饭。”她伸手拉过身前大褂的下摆，擦着泪水，小声抽泣着。“允泰，你两个姐嫁得远，娘现在只有你一个心肝宝贝，你给我保证，不准再出去讲什么局势，你能管得了吗？”允泰端来水，将毛巾挤干递给娘：“娘，你平时总教育我要仁义，我总得想点办法吧。我遇到一位共产党员，他说得真好，他让我们民众组织起来，先做好准备。”

“好是好，可怎么组织？我看呀，让你哥组织。”娘说。

“哥哥做国民党，他们不准许。”允泰压低声音说。

村南的麦地里，麦苗儿长得正绿，允泰这一帮年轻人，正在这里开展“稻草人”训练。他们找来树棍插在麦地里，用稻草扎住，再用红布条往中间一束，一个稻草人就完工了。运河把早已拾来的破草帽往树棍上一挑，稻草人更是活灵活现。

“冲呀！”允泰一声大喊，两组年轻人就冲了上去，他们绕着稻草人追逐、围攻。一方进攻，一方防守，看哪一方先击中稻草人。不到一个时辰，大家就累得汗流浃背，索性躺倒在麦地里，哈哈地闹成一团。大家看允泰平时文静书生的模样，现在额更宽，腮更圆，通梢鼻子上冒着热气，好像《水浒》里的林教头，都大喊：“豹子头，豹子头，领着我们往前冲！”允泰听了，倒也高兴，现在有了一群兄弟，也算是找到了民众。他的心里有一个强烈的念头，一定要找到一个真正的共产党员，让他来指导他们这群人。他们常常仗义执言，使拳弄棒，整整一个冬天，都在那儿自发地训练。

农历新年一过，河滩上、麦地头，各色绿草就嫩嫩地钻出地面，感受春日的美好气息。允泰考虑许久，还是决定出去寻找组织。他牵上青骝马，没有带上打兔子的土搂子，而是斜挎一个布包，装扮成走亲戚的模样，骑马来到王庄街的北面，准备过了官道，去禅堂与小娥会面，一起去找共产党。他把马拴在树桩上，去附近店里买点食品，正要出门，女店主忙喊他。

“我看你牵着马，小心点。那边有土匪，他们已经聚在那边山口两三天了。”允泰仔细一看，官道上果然有几个人，在那儿探头探脑，不像是正经人。他向店主打听，才知道这些土匪聚在一起，商量着怎么去向日本人投降。“没骨气的东西，有奶就是娘，无耻！”允泰再看时，只见一个土匪挑起一个破旧的竹竿，顶上拴一块半旧的白布，白布上画的是日本太阳旗，圆圈没有画好，留下一个大大的缺口。

“你看那边，树上挂着他们的旗帜。”店主说。

“那是投降的旗子呀，卑鄙！”允泰说完，看到不远处有两个土匪，聚在那儿抽烟。他迅速牵了马，绕到五华顶南面山口，准备从曹刘村那儿绕过去。刚到山口，突然从山坳中冲出两队士兵。“站住！”两名士兵持枪拦住他。“好马！”黄排长走上前拍拍马屁股，“现在国家正缺物资，你的马捐给国家了。”这两名士兵劈头夺下沈允泰手中的缰绳，把马牵到黄排长面前。“不行呀，这是我的马，你们凭什么牵走？”沈允泰理直气壮地问。“什么？不给？赶紧滚，再不滚，连你这个人也给关起来！”黄排长点上烟，吐出一个烟圈，突然凶狠地望着沈允泰。没等黄排长使眼色，两个国民党士兵哗啦一声包过来，明晃晃的刺刀对着允泰。

“啊……这是什么士兵，简直是土匪！”允泰心里凉了半截，仅存的一点念头也被掐灭。

他突然像掉进一个陷阱里，只能不断地挣扎。四周的山谷一片寂静，他甚至能听到虫儿的哀鸣。他逃离了国民党士兵，心里感到很幸运，再慢一步，可能连人都会被抓了壮丁。远处红褐色的水杉林，红透半个天空，如生命的再生，闪烁红艳艳的光彩；蜿蜒的山道铺满厚厚的褥叶，好似在渴求新生；那沉默的力量在沟沟壑壑间纵横驰骋。

五　枣红马

青骝马被抢走的那几天，允泰像是失去一位兄弟一样伤心。他几次托人想把马找回来，却碰了一鼻子的灰。这一天中午，他正坐在院子中纳闷儿，突然听到院子外面咴咴的嘶叫声，一匹身架高大的枣红马，神采飞扬地望着远方。允泰很高兴，想上前看个究竟。那匹马突然暴跳起来，只见它脑袋一摆，身子一横，扫帚般的尾巴就抽过来。沈允泰吓了一跳，赶紧往后跳了两步。要不是他反应快，可能就被它击中了。那枣红马冷眼望着他，仿佛并不把沈允泰放在眼里。允泰看这匹马很有个性，反而很高兴，觉得这是一匹好马。

允泰扯了根树杈，对着它就是一阵乱打。那马一声嘶鸣，高昂着头颅，鬃毛竖起，睁着铜铃般的眼睛。它突然一甩头，叼住允泰的裤脚。沈允泰身子一阵战栗，不禁笑出声来。“好马，好一匹战马！”沈泰大声赞叹说。他突然又疑惑起来，谁家的马能跑到自家的院墙来。

“允泰，你喜欢这匹马吧，那就送你吧。”娘走过来说。

“娘，是你买给我的？太好了，非常适合我。”允泰忙给娘鞠了一躬。他拉起马的缰绳，轻轻地一拽，又在树桩上扣一个圈。

娘舀一瓢煮熟的黄豆，倒进马槽里。枣红马伸出长长的舌头，卷上几口，槽里已是所剩无几。“我可是下了血本的，这可是一匹好马，儿子喜欢就成。”娘嘀咕着，坐到椅子上。

“允泰呀，兰花和你的婚事，你也别怪我。我找人去她家说了，可她家不同意解约。”娘说。

“允泰哥，是我。”一个温柔的声音传来。允泰回头一望，没看到娘，却在娘站立的地方看到一位十七八岁的美丽姑娘。很显然，她也长着一张和善的面容，洋溢着健康质朴的美，她甚至像一头在山坡嫩草间游走的小白羊，一朵草丛里的兰花。乌黑的秀发将她脸蛋上的羞涩轻轻掩住，只留下一双明亮的眼眸。在这些简洁纯美的线条里，她随意地系着一条围巾，真是美不胜收。明朗的脸庞，黑亮的眸子，白皙的皮肤，仿佛是太阳和月亮共同完成的杰作。

“允泰哥，我是兰花呀，你娘和俺娘让咱俩多谈谈。”她说。沈允泰礼貌地点点头，并没有说什么。他的心忽而裂开一道山谷，忽而吹进一阵春风，他的眼前闪现兰花的影子。他想起来了，八年前，兰花和他一起捉迷藏，他跑到竹林里，她的辫子被什么拴住不能动弹，允泰冲上去将辫子一点点解开，将她背出竹林。可这一切，只是一缕云彩，远远地飘着。“兰花，我们是很好的兄妹，你会祝福我和小蛾的。”他走过去给马儿添草，不紧不慢地捋着马儿的鬃毛。

娘送走兰花，对着允泰板起脸，“你也看到了，这么好的姑娘，你却没有这福气，唉，造孽呀。”娘不小心碰着猪的屁股，气得一脚踢去。一只小鸡从旁边经过，吓得抖动翅膀，飞到了院墙上。

“娘，我决定和小蛾结婚。”允泰说。

“什么？你想和你老子一样败坏门风，我坚决不答应。”老娘弯腰到处去找木棍，“我得好好教训你这个不孝子！”

沈允泰皱着眉头，拎着一个大挎包出了院门。他猛地跃上了马背，马缰一松，这枣红马发疯般的又踢又跳，差点将允泰掀下马来。他揪紧了马鬃，两腿儿一夹，马儿在马鞭的拨弄下忽左忽右地顺路跑去。他心中有一股热情的火焰，在无望的境遇里燃烧，脸部和喉咙火烧火燎地疼。他要尽快找到小蛾，和小蛾一起面对。他想小蛾，想她那善良纯洁的心，想她杏花般明媚的脸庞。“小蛾一定也在那间石头房里想我吧，虽近在咫尺却身不由己。”他甚至无数次眺望西北方向，他甚至能看到禅堂的塔顶。

小蛾和哥哥从梅林那儿汲水回家，刚走到拐角，正好碰到允泰。小蛾跑上来：“允泰哥，允泰哥——我给你看样东西，保准你喜欢。”“什么东西呢？”小蛾先跑回家里，边跑边让他进来。小蛾打开一层布，里面露出一本书，她双手捧到沈允泰的手上，说：“这本书叫《红色中国》，你好好看看！”允泰一看封面，就喜欢上了它。“太好了，太好了！”他把书紧紧地贴在胸前，“我决定去找于科长，我和你一起去。”

小蛾看允泰洗过脸，帮他掸去衣服上的灰尘，心里忽然一紧，心疼地想哭。“允泰哥，是不是你娘责备你了？”“没有呀。”“别骗我了，你的眼神告诉我，你心里受了委屈。一定是咱俩的事吧。”

“我和娘已经多次表示了，我非小蛾不娶！”允泰抬头看小蛾时，竟发现她的眼泪瞬间溢出了眼眸，他心里慌慌的，不知道小蛾为啥委屈地哭泣。他心里很愧疚，不停地道歉。

小蛾的眼角漾起了微笑：“没什么的，我高兴还来不及呢。”“那好呀，只要你不生气，我干啥都成。”允泰说，“我爱我母亲，可我憎恶这地主家庭的陈旧思想，我渴望自由，渴望铲除各种不平等。”小蛾眉毛一扬，高兴地说：“在你的爱的激发下，我也由懵懂变得清醒，我愿追寻你的脚步，去寻找一个新的天地，一个纯净的组织。”他俩的心，仿佛两根弦，共同弹奏出同一个声音。

允泰斜挎猎枪，牵出枣红马，和小蛾一起到王庄街道上打听。一个店员告诉他俩，于科长可能去棋盘宣传了。他俩追到棋盘乡街道上，看到墙上的宣传漫画，知道离于科长不远，就四处打听。打听了半天，也没有一个人能准确说出于科长的去向。小蛾拉着允泰的手，站在于科长他们画的漫画前，比画着学起来。“等我学会了，我就可以在我们庄子上宣传了。”“我有办法了，他们画画，一定和周围的人熟悉。”允泰向旁边的一位女学生打听，果然得到确切的消息。就在明天，于科长他们要在堰头小学演讲。允泰谢过人家，就和小蛾骑马赶往堰头，等到了堰头小学附近，已是夜色苍茫。

“我俩就在小学门口等吧。”小蛾说。允泰把枣红马拴在树桩上，把外套脱下罩在小蛾的身上，自己抱着猎枪，两人紧挨着在夜色里睡了。到了深夜，寒风把小蛾冻醒了，她怕吵醒允泰，不敢移动身体，只能盯着闪烁在夜空里的星星。她数呀数，怎么也数不清楚。“这些星星，多像允泰和自己的心呀！”她想。旁边的枣红马，倒像是通了人性，往允泰和小蛾睡的地方靠得很近，挡住西北方向的风。有时候，它摇着尾巴，打着响鼻，像是为他俩站岗放哨。小蛾听着允泰均匀的呼声，心里十分舒适、踏实，慢慢地又进入了梦乡。到了三星在夜空齐聚的时辰，允泰醒了，他把棉衣脱下，轻轻地披在小蛾的身上，自己则站起来，围着小蛾和马儿，一圈一圈地跑起来。

太阳升到一竿子高的时候，堰头小学的领导站在校门口，等候着于科长他们一行。大红的横幅在校门上方分外耀眼，学校内的读书声和练操声有节奏地响着，沈允泰和王小蛾站在校外对面的路口，期待着于科长他们的到来。旁边也有三三两两的家长，他们正往校园里走去。于科长大步走来，和学校的领导一一握手，他突然看到不远处的沈允泰和王小蛾，就抬手和他俩打招呼。允泰和小蛾跑上来，一个立正：“于科长，我可找到你们了。”于科长听了来意，就热情地邀请他俩进校听课。

允泰和小蛾谢过于科长，就和师生们一起坐在操场上。于科长站在前面的台子上，表情凝重，摆出他一贯的讲话姿势——双手在胸前微微扬起，睿智的眼光仿佛在和听众交流。允泰注视着他的每一个细节，听到他说的每一句话，对允泰来说，这无疑是精神的一次洗礼和升华。原来中国这么大，却正面临着深重的苦难，从东北到华北，从南京到武汉，日军到处都在烧杀抢掠，而现在，日本人占领徐州后，正在入侵每一个县城，每天都有善良的百姓遭到屠杀。于科长的声音变得低沉、沙哑，他的眼里分明含着泪花。于科长突然从台子上走下来，走到人群中间，大声地说：“我们只有联合民众，建立民族统一阵线，才能打败邪恶的敌人！”允泰的心中，激发起一股神圣的力量，他拉着小蛾的手一起站起来，举起手臂，和学生一起呼喊、鼓掌。他俩感到有一股坚不可摧的力量，正在胸中长成一道万里长城。

“于科长，我俩想和您一起去宣传，去学习，请您一定要收下我们俩。”允泰和小蛾给于科长三人鞠躬说。他俩好不容易从人群里追上来，害怕找不到他们，心里很是着急。

“好的，欢迎你们俩！”于科长说，“我给你们介绍下，这位是小徐同志，这位是小李同志。以后呀，我们统一行动，多做宣传。”他叮嘱大家，遇到困难要灵活处理，既要躲避马陵山的野狼，也要躲避人群中的“狼”。

接下来的三个月，允泰和小蛾按照分工，骑上枣红马，带上《宿迁青年》杂志，到街上和村民家中宣传。泥泞地或是风雨里，他俩总是有使不完的劲儿，他俩还要帮村民挑水、扫地，甚至帮着带孩子。在宣传中，两人得到了很好的锻炼，和村民的感情也建立起来，也切实感受到了工作的快乐。

这一天，允泰和小蛾从禅堂出发去唐店乡宣传，回来时经过马陵山的一道山冈。他俩来到一棵栗子树下，允泰让小蛾等他，他就跑到那边的一处空地，想取些嫩草来喂马。小蛾正想喊他时，忽然发现允泰一动也不动，往前一看，不禁吓得浑身哆嗦。沈允泰正和一头狼对峙着，这头老狼体形壮硕，耳朵垂直竖立，眼睛闪烁出凶狠的绿光。小蛾也不知道哪儿来的胆量，竟抓起一块石头，跑到允泰旁边。她闭上眼睛，哆嗦着举起石头，狠命地朝狼头摔去。

趁着老狼往后退，允泰抓住小蛾的手，快速跑到那棵粗壮的栗子树下。他迅速蹲下身子，抓起猎枪，喊道："快快，踩我的肩膀上去。"话没有说完，老狼已经扑上来，它的眼睛里的绿光，好像要把沈允泰吞掉一般。端枪已经来不及了，情急之下，他停止了后退，睁大眼睛直视老狼凶狠的眼睛。直觉告诉他，不能后退，只能用身体挡住邪恶的野狼。果然，这只狼开始后退，看似悠闲地甩着尾巴。

不料，仅仅半分钟后，老狼再次冲了过来，扬起头嗷嗷地叫。它的嘴伸到小蛾脚后跟的下方，情况十分危急。允泰一边安慰小蛾，一边寻找机会。他慢慢移动身子，左腿蜷曲，死死钩住树干。他把枪倒过来，紧紧抓在手里，老狼将身子缩回，后退两步，再次叫着冲上来。它突然咬住小蛾脚上的鞋头，嘴里发出撕咬物体的哼哼声。千钧一发之际，允泰抡起枪托，狠狠地向老狼头部砸下去。允泰跳下树，确认老狼已经死去，才释然地靠在树上喘息。小蛾也是脸色惨白，从树上下来，倒在允泰的怀里，身子不停地颤动。

枣红马咴咴地鸣叫一声，挨近他俩，不停地用舌头碰着他们的衣角。“我俩不仅能打败野狼，也一定能打败像野狼一样的侵略者。”允泰安慰着小蛾，吆喝一声，这枣红马猛地向前飞奔，后蹄卷起一阵泥土。

允泰带着小蛾，骑马冲上山冈。红色的马鬃在阳光的照耀下，红彤彤的，宛如被注入了使命和担当。

六　归家

允泰和小蛾骑马奔去，眼前的景象一会儿暗一会儿亮，他的心急迫又雄壮，巴不得像孙悟空翻筋斗云一样瞬间就到。他俩来到棋盘乡街道时，一位臂戴红袖章、手拿梭枪的青年人带他俩找到汪益之主任。

“我叫沈允泰，于老师让我来您这儿报到。”允泰脱口而出。汪主任中等个头，面颊消瘦，眼睛大大的很有精神，看上去也不过三十岁左右。

“沈允泰，好兄弟！”汪主任说。沈允泰挺起胸脯，身子微微地颤动，大声说：“我终于找到组织啦，我找到家啦！”“兄弟，咱们以后就是一家人了。”他俩的手紧紧地握在一起。

“喂，徐玉珍同志来一下，做个见证。”汪主任隔着泥墙，对着那边的一户农舍喊。老墙上绿意点点，小草从土墙缝里钻出来。不一会儿，徐书记迎上来，和允泰握手见面。

他们四人坐下后，围坐在桌子前。汪益之主任主持，徐玉珍书记记录。

“你为啥要参加宿迁青年救国会？”汪主任问。

“唤醒民众，保家卫国。”允泰大声回答。他想到自己冒雨送宣传单，山中遇饿狼，和小蛾一起忍受饥饿和劳苦，心里充满骄傲和自豪。眼前，他还有很多的事情要去做，还有更多的村庄等着他带去好消息，他的责任感和紧迫感油然而生。

“你对自己的未来有何规划？”汪主任问。

“为追求公平正义而努力奋斗！”允泰毫不迟疑地回答。

“你愿意为党工作，甚至牺牲自己的生命吗？”汪益之主任进一步问。

“我们都愿意。”小蛾抢先回答。她碰了一下允泰的胳膊，“我也想加入宿迁青年救国会。”小蛾说。

“你家住在五华顶山下，建议在你家设一个秘密交通站，也便于及时了解情况，这和参加青年救国会一样光荣哪！”蔡主任说。

“我同意。”小蛾说。

小蛾把五双布鞋放到允泰的包袱里，把青救会的小册子《宿迁青年》取出，放在自己包袱的最里层。允泰送小蛾回家的路上，马蹄声声，蝴蝶翩翩，无数的鸟儿飞飞落落。小蛾坐在允泰的怀里，心里却是酸酸的、甜甜的，她希望马儿能慢一些，再慢一些，能让他俩再多谈谈话。她知道，接下来的允泰，要迎接更多的挑战，甚至要经历血与火的考验。小蛾反复叮嘱允泰别忘了换洗衣服，注意晚间保暖什么的，叮嘱他生活上的很多细节。到了禅堂庄，小蛾下马回家，允泰又马不停蹄地赶回棋盘山。看着允泰走远，她内心一阵阵发紧，泪水不争气地往下流。她看着面前这道昂扬前进的背影，更加坚定地相信他俩的信仰，一定能擦出生命的亮光与价值。

在军入侵宿城后，青救会把会址搬迁到棋盘乡，继续宣传中国共产党的政策。沈允泰和其他会员一样，不仅要宣传，还要走进村民中，和他们一起种地、施肥，帮助他们解决困难。这不，他披蓑衣戴斗笠，风里雨里，挖沟挑渠，挑水推磨，一忙就是好几天。他还主动申请，要求多负责一个村的生产工作，身上的担子虽重些，但他能与百姓同吃同住，帮困难户筹划一年的收成，给他们借款拨粮，也是心愿所归。

一天夜里，他正在村头一农户家的前屋歇息。窗外风雨大作，比白日更凶猛，雨水汇成的小河在院前屋后快速地奔流。“允泰，我家盖的新房子有响动，你来帮我一下。”李大爷急切地趴在窗户上说。沈允泰二话没说，从床上一跃而起，来不及披上蓑衣，一头撞进雨帘中。他赶到李大爷家新盖的草屋时，忙和李大爷一起拿木棍支撑住房梁，此时，上方横梁处传来咔咔的断裂声，土墙上有成片的泥土塌下来，情况十分危急。借着煤油灯的光，沈允泰发现墙上有一条新开裂的缝隙。

突然间，只听轰的一声，整个草房在雨中塌落。“快！”允泰猛地拽起李大爷往门口跑，他的后腿被泥墙砸中，钻心的疼，但他顾不了自己，忙将李大爷一家带到安全处。他护送李大爷一家到邻居家后，才发现自己腿部的伤很严重。他的小腿上的肉被扯裂一块，不断地渗出血来，但他只是扯块布条，将伤口缠住，就又和李大爷一起去搬运物品。天亮后，沈允泰才回到自己的房间，简单清洗伤口，就又投身于新一天的工作中。允泰向汪主任汇报后，就着手和几位队员一起帮李大爷家再盖一座新房。他们起早摸黑，一起打夯、立壳、造梁、运芦笆，没到半个月，一座结实的房子就盖好了。

几场春雨过后，春汛就鼓起她的腮，丰盈着河床，滋润着花草。会员们集训间隙里，汪益之主任做动员讲话。他告诉大家一个好消息，八路军陇海南进支队沿运河出击，已经占领窑湾和皂河，击毙伪镇长，要帮助县委建立民主根据地。

允泰听说八路军已经打到宿迁，心里甭提多高兴啦，他琢磨着要把这个好消息告诉小蛾，让她也高兴高兴。时间过得真快，一晃两个多月，离去年在五华顶许愿的日子只剩十几天了。允泰找汪主任请假后，特意理了短平头，洗澡换了衣服，骑马回家来找小蛾。

赶到禅堂时，太阳已经落山，几颗星星从夜晚的薄纱里挤出来，眨着好奇的眼睛。小蛾正在屋里纳鞋底，听到院门外有敲门声，拉开门一看，竟然是允泰，她惊喜地叫出声来。允泰一边吃饭，一边和小蛾谈他的工作，特意告诉她八路军的行动。小蛾一听，拉他到堂屋里：“我也想和你一样，去参加青救会，为我们党做事情。”“汪主任不是让你等一等，过段时间在你这儿设立交通站吗？”“现在没有事可做，我不是急吗？你要是和我结婚，我才安心。”小蛾说。

青救会回来后，小蛾和允泰就有了家，有了归属感。可允泰不在身边，她的心里时而兴奋，时而失落，时而像是七上八下的吊桶，时而像电闪雷鸣的天空。只要一有闲暇，她就忙着给允泰做鞋、做衣服，一天到晚全是允泰高大的形象。她想他时，想得很细微，想到他可能经历的种种风险，常常从梦中坐起。妈妈和哥哥有时不经意地提及，或讲到一些受伤、牺牲等事，都会让她脸色煞白，仿佛失去血色。种种折磨，让她的心如油锅翻滚。“我是七仙女，我要主动一些，我要找到我的董永，和他在一起。”在反复念叨下，她的心才逐渐安定，觉得一定能盼来他的敲门声。

“真的！”允泰不相信自己的耳朵。窗外的杏花，蕊儿虽然不再光洁，却结出一枚枚圆圆的杏儿果。

“我是认真的。你知道我总是担心，做梦都梦到你。我愿意现在就和你结婚，让我的心不再孤独地流泪。”小蛾说。山风吹拂，露出亮晶晶的星星，通体发亮。为了彼此的真诚和升华，他们相互点起心灯。

允泰没想到幸福来得这么突然，他盯着小蛾的眼睛，才发现她的话是千真万确的。他跳起来，大声对小蛾说：“你既然这样真诚地待我，我更不会有丝毫的犹豫。我愿意和你结婚，让咱俩共同为革命做贡献！”院子静极了，仿佛能听到有情人的心跳。他们坚定的话语，像院子中的石头一样沉稳。

“正好是咱们许愿一周年，又是我的生日，就在六月十八日结婚吧，到那棵银杏树下举行婚礼去！”允泰灵机一动，挥手做出一个胜利的姿势。小娥开心地笑了，笑成一朵灿烂的杏花。允泰也被幸福的婚事击中，把小娥的双手紧紧贴在胸前。小娥仰头送一个飞吻，深情地昭示他俩即将结婚的幸福。

七 银杏爱情

六月的五华顶，鲜嫩的林叶开始展示它成熟的容颜，山涧里的泉水飞溅、跳跃，四下里都可以听到它的歌声。山下的官道上会有日寇运输队的暗影，但这里仍是一个被林木包裹起来的香火之地——泉潮庵的僧人们照例送迎香客。东寨门被堵死，但西寨门留有便道，以供安置难民和方便附近采药、上香的村民出入。山林冷清了许多，鸟儿们自顾地鸣个不停。唯有勇者，才会信步山道。

灿烂的日光洒在山道上，路面和树顶上都是点点金色。泉潮庵前，挺拔屹立的银杏树，正打开它圆锥形的树冠：深绿的叶片层层叠加，紧密向上，孕育出无限生机，傲然地昂首苍穹。中共宿迁县委领导和青救会的同志从山道上走来，他们说笑着来到银杏树下，和新郎沈允泰和新娘王小蛾见过面，并和各位来宾握手问好。青救会的同志将一条大红横幅挂在新婚典礼现场的上方，横幅上赫然写着“五华顶之恋——祝贺青救会会员沈允泰和王小蛾婚礼”。静慧法师在大雄宝殿前举行祈福活动后，就和众位弟子来到寺前，向各位来宾问好，并把一条同心彩带挂在他俩的胸前。各位乡亲聚在树下，争着一睹新式婚礼的风采。

主持人走上前来，大声宣布说：“今天是公历六月十八日，是咱们青救会成员沈允泰和王小蛾大喜的日子。”这时新郎、新娘胸佩鲜花，手拉手来到会场的中间，向来宾行作揖礼，并现场发放《宿迁青年》和迎端午的糯米粽子。新娘王小蛾脚穿布鞋，上身穿着对襟碎花褂，头上插上杏花佩饰，显出一种天然和含蓄的美丽。新娘和新郎站在台上，两人共同举起青救会的证件。人群里传出掌声和欢呼声，粉红的花瓣也随之抛撒开来，撒在新郎沈允泰和新娘王小蛾的身上。

这株银杏高达数十丈，树干粗如碾盘，枝叶婆娑如巨大的伞盖，给来宾送来清凉。随着主持人的一声“请”字，动员科长于之春、青救会汪益之主任和静慧法师走上台面，他们的到来掀起了婚礼的一个高潮。现场一下安静下来，大家倾耳细听于之春科长为“五华顶之恋”致辞。

各位同志，各位来宾：

五华顶为我宿迁之天然高标，自古香火盛行，民风淳朴，为民众所仰。今日寇铁蹄践踏我宿迁大地，占我县城，屠戮我妇婴，其恶如墨，人神共愤。

我中国共产党宿迁县委之青年救国会，主办杂志《宿迁青年》，高举革命的火把，志在唤醒民众。他们奋勇向前，誓联合大众以抵御外辱，必将如五华顶上之阳光，照亮人心。

我党领导下的抗日武装，在东北、华北、西北、华南与日寇殊死搏斗，战果斐然。我八路军陇海南进支队已入驻皂河镇，我宿迁地方武装——宿迁独立大队已组建，各级农会和妇救会必将在乡村开展工作。为此，我党领导下的抗日斗争已进入一个新的阶段。

我会成员沈允泰、王小蛾心怀纯洁之志，为青年人之楷模。今在五华顶喜结良缘，共续革命之志，正如这株银杏树，象征着坚韧、沉着，为劳苦人撑起清凉的华盖。

在这民族危机关头，我们共产党人绝不退缩。我们与民众共进退，我们与百姓是一家。

我愿意和来宾们许下一个愿望，等赶走了日本侵略者，建立了我们自由、民主的共和国，我们要在五华顶之上为革命者建一个纪念园，园子里栽满银杏树和玫瑰，让纯洁和芳香永远伴着我们那些高贵的灵魂。

一九三九年六月十八日

银杏树下，阵阵清风扑面而来，将经久不息的掌声推向山涧、林道，如山涛轰响，如飞泉闪耀。静慧法师受了感动，眼里噙着泪水，他双手合十，连连向县委领导致意，表示自己愿意捐粮捐物，为抗日尽力。沈允泰和王小蛾走到汪益之主任面前，每人掏出一张纸，毕恭毕敬地递上去："汪主任，这是我俩的入党申请书，请您收下。我俩一定以一个优秀共产党员的标准要求自己，不辜负党组织的培养！"汪主任高兴地接过他俩的入党申请书，小心翼翼地放在挎包里，然后带头鼓起掌来。主持人给大家分发糖果、喜鸡蛋的当口，允泰和小蛾从寺里提来一桶山泉水，和来宾一起开启婚礼的最后一个程序——给银杏树浇水。汪主任和静慧法师亲自舀水浇树，接着大家你一瓢我一勺地给银杏喂水，为新郎新娘祈福。在微风的吹拂下，银杏树的叶片摇起金属般的脆响，点点滋润心灵。六百多年来连绵不绝，银杏又吹奏出新的序曲。

顶上纵目，豪情满怀。向东可以看到沭河水的一抹亮色，以及水乡滋润的肥沃的土地。向西可以通向骆马湖起伏的山丘与湖面。向南官道上，一线串起了韩世忠、史可法的忠义故事，还有运河和黄河夹山而游的灵动。向北则是青山隐隐，沂河和沭河相约南下，在平原上留下一路乡音。站在五华顶上，沈允泰和王小蛾的相恋有了更深广的内涵。

"我都准备好了！"晚上，小蛾拉着允泰的手走进婚房，轻轻地附在允泰耳边说。窗外，满山的松林，化为多姿的生命，送上满满的祝福，给予他俩无限的忠诚和坚贞。

小蛾从床头搬出一个柳条箱，和一家人走进堂屋。打开箱盖，拿出早已剪好的双喜字和两朵红花，捧出红红的蜡烛。接着，她又小心翼翼地从箱底捧出两件衣服，轻轻展开。原来是一件新郎穿的礼服和一件绣着大红花的新娘小袄，"来，你俩穿上试试。"小蛾娘把小蛾的头发绾成髻，为她换上绣花鞋。

“真合适。小蛾好能干，这下俺放心啦！”小蛾娘高兴得合不拢嘴，“你们都是咱家宝贝，一个长成银杏，一个开成百合。”

“天合，地合，新人巧合！”明启哥哥一本正经地说，“妹婿，祝福你们，以后咱们就是一家人了。”小蛾和娘端出筛子，将红枣、栗子、花生、百合等及糯米糕一股脑儿放在八仙桌上，满屋又增添了新婚的喜庆。允泰拉着小蛾的手给娘叩头后，在明法、明启大哥的祈福语中，祭拜天地，圆满成婚。允泰和小蛾在院墙内外撒上红花绿纸，明法哥用葫芦瓢端来古井里打来的清水，各自给允泰和小蛾的头上洒上些许，给予两位新人诚挚的祝福。

“让赶走日本人的枪炮声，做我们的结婚礼炮吧！”允泰的心里多了一分神圣，又多了一分热烈。

饭后已是亥时，天阔地远，人定入眠。叶圩山上，山体绵延，有脊有形，如奔腾的骏马。允泰拉着小蛾的手，一路奔到叶圩山的最高处，此时月亮正圆，满山银辉，东面和南面的黄巢湖水清幽可人，再向东望就是土城允泰的家。

他俩摆上水果，燃起蜡烛，跪在地上向远处的娘祈祷说：“娘，我和小蛾今日结婚，不能到您老处相见，是儿的不孝。小蛾是一位善良的好姑娘，是我的最爱，相信您一定会喜欢她的。”山川静谧，如一首无声的歌，将阴云里的月亮缓缓引出。他俩站起来的一刹那，小蛾发现允泰的脸上流下了两行泪水。小蛾替允泰拭去泪水，不知何时，自己的脸颊上竟然也挂上了晶莹的泪珠。

八　带路

婚礼仅仅过去一星期，国民党宿迁县长鲁同轩自任独立七旅旅长，带领县政府官员和所属独立旅及县保安团占领五华顶，并将泉潮庵改为县署办公地，躲在那里发号施令，耀武扬威。他的保安团则四处出动，到处征粮、派饭、拉壮丁，弄得十里八乡鸡犬不宁。中国共产党县委成立的宿迁独立大队已发展到一百多人，在晓店乡和唐店乡成功伏击日军，打死日伪军五十多人。青救会和妇救会的工作卓有成效，极大地唤醒了乡村民众保家卫国的热情，也为独立大队的发展提供了保障。

独立大队伏击日军的消息传来，棋盘乡的村民们杀鸡宰猪、敲锣打鼓地到驻地慰问。他们踊跃报名参加独立大队，仅沈允泰负责的两个村，就有三十多人加入。徐玉珍队长深受鼓舞，不久就带队拿下五华顶东面的邵店乡，赶走盘踞在那里的日伪军。根据县委指示，沈允泰等十多名青救会会员也来到邵店，做好民众的宣传和动员工作。

沈允泰接到任务后，骑上快马，翻过山口来到禅堂庄。西天边的彩霞染红了这片山水，山头树林仿佛披上仙女的霞衣。虽是大白天，小蛾家却空落落的，就连路上也不见一人，四周一片静谧。他赶紧跑到东面叶圩山，举目一望：在叶圩山和黄巢湖之间的水边，许多的难民或蹲或趴，仿佛无数蜷脚休憩的鸭鹅，看见有人过来，他们蜷缩得更紧，如拳头样大小。沈允泰走过来，劝说乡亲们："日伪军已经走了，大家不用害怕。八路军和我县独立大队很快就打过来了，胜利一定是我们的。"小蛾正和她娘蹲在一块石头旁，听到允泰的声音，激动地扑进允泰怀里。"泰，你怎么来啦？告诉你一个好消息，我怀孕了。"她的身子微微颤抖，清澈的眸子里满含深情，很显然，她在尽力控制住自己的情绪，不让周围人嘲笑她的稚嫩。允泰站在那里，被这个消息冲昏了头，而他的喜悦全表现在脸上。一股神奇的光彩，突然从沈允泰疲倦的眼神里喷出来，他抬起了头，仿佛要把他的喜悦染上蓝天。他深深地吸了一口气，尽量使自己平静下来。足足过了一分钟，他将她拉到一个僻静的地方，激动地握着她的手说："我也告诉你一个好消息，组织安排你建一个交通站，身份不公开。"允泰说话的时候，心里带着回报的心态和崇敬的心情。

"感谢党组织，感谢你，允泰。"小蛾虔诚地说。她擦干眼里的泪花，像刚才允泰那样，不停地劝说乡亲们站起来，一起往回走："有八路军，有独立大队，我们就有盼头了。"她拉着允泰的手，带头往家走。乡亲们也都爬起来，沿路返回，恢复自家的生产。

"为工作方便，我想让你回到咱土城，和娘一起住，我为你带路吧。"允泰站在小蛾家的院子里，望着五华顶上郁郁苍苍的山头说。小蛾第一次以允泰媳妇的身份到土城庄，心中反倒怀着热切的期望。黑马河的怀抱里，土城庄因一圈厚实的城墙环绕，安全又温馨。外圩门那儿，几株鲜红的石榴树上，花已开成燃烧的云缎。院门外，允泰伸出手指嘘一声，示意小蛾等一下，自己则朝门内走去。院门中间放着一张饭桌，娘正在水井边掐香椿叶，她的身形更瘦长了，动作缓慢而无力。允泰止住泪水，轻轻地唤："娘，我回来喽！"这声音很轻很缓，他生怕娘受到什么刺激。

娘转过身，眼睛突然放出光彩，手腕不停地颤抖，喉咙好像被什么堵住。"儿呀！"娘一把抓住允泰的手，呜呜地哭着。"你去哪儿啦？你去哪儿啦？"娘不停地呢喃，她的头无力地靠在允泰的胸脯上。"娘，娘，你怎么啦？"允泰边说边扶着娘，他的眼里有些湿润，"我参加青救会去了。"

"青救会，干什么的？"娘盯着他的头和脸说。

"青年救国会，就是发动民众，联合救国。"沈允泰骄傲地说。

她突然抱着他的头，边看边哭，她让允泰脱去上衣，像医生给皮肤病人看病一样，整个检查一遍。“好，好，我的宝贝，这下可别走啦！我们娘儿俩好好生活。”

允泰帮娘擦去泪水，忙领着小蛾到娘的面前：“娘，这是我的新媳妇！”娘感到十分诧异：“什么，你媳妇？噢，好媳妇，好标致的姑娘！”娘的眉宇间绽出一层喜气。“娘，我给你叩头了！”小蛾说着，拉允泰一起给娘叩头。娘忙拉着小蛾到堂屋，她哆哆嗦嗦地到内屋抽屉里，取出两块银圆，放到小蛾的手中。“好媳妇，这第一次见面，别嫌少，留着买点东西。”娘高兴地说。“娘，我们都有点饿了。”允泰调皮地说，“我想吃您做的菜：炒辣椒、爆炒花椒肉，还有您拌的茭瓜……”“好、好，都请进来！我现在就做。”娘开始忙活，手脚也比以前更灵巧、更有劲儿了。

沈允泰到外圩门，找到沂河、沭河和运河三兄弟，相聚谈笑，非常投缘。吃饭时，他邀请三兄弟到家里小聚，又询问了护庄队的情况。沂河爽直，一口气把沈允马不允许佃户进入内圩门的事说了。“沈允马成立沈宅护卫队，肩挎汉阳造，威胁咱佃户。”运河补充说。沭河胆子小，连连摆手，不想让他俩说。允泰把外面的情况告诉他们，让他们多发动佃户，不可盲目行动。

运河问允泰：“泰哥，我们天天都在提防日本人，可日本人究竟长什么样？你一定见过。”

“小矮个子，大耳朵，端着带刺刀的枪，凶残得很。”允泰说。

“日军烧杀抢掠，无恶不作。”沂河说。

“我们可村村联合，在炮楼上焚起狼烟。”沂河若有所悟地说。

“我要捉住日本兵，把他们给剥了，像我们捉地里的獾狗一样。”运河嘭地站起来，捋起袖子，肌肉疙瘩在皮肤里滚来滚去。“但我们不能单打独斗，先在沂河哥家建个秘密联系点，多联合佃户，为八路军和独立大队带路打日本兵。”沈允泰说完，站起身，和三兄弟一一握手。

第二天拂晓，沈允泰轻声对小蛾说：“八一会师任务很紧，我们青救会要做好动员、协助工作，任务繁重。我离开后，你和娘多保重！”允泰毅然地离开家，消失在茫茫的晨雾里，娘追到圩外时，没有看到允泰，包里的咸鸭蛋摔了一地。小蛾牵着娘的手，不断地帮娘拭去泪水。

一番暖阳，一番清风，大自然从未停止它变换的姿势。五华顶之上，就是民众仰望的地方，也是展示能量的舞台。时间正庄严而轻快地滑向一个时刻，那是呐喊的时刻，那是底线上滚动的光芒，那是红日里镰刀斧头的会师。“还有二十分钟，做好准备。”徐玉珍队长说完，向西南方向眺望着。虎山之上，八路军的战旗随风飘扬。

“快，冲上去！”徐队长一声令下。

队员们从山沟里一跃而出，像一群豹子直奔五华顶。几乎在同一时间，西南虎山上的冲锋号嘹亮地响起，八路军战士如猛虎下山，向着五华顶冲去。独立大队的队员们和陇海南进支队的八路军战士终于在泉潮庵会师啦！两名八路军战士迅速将红旗悬挂在银杏树上，参谋长江诗清拔出手枪，向着湛蓝的天空连发三枪，蔡永庭县长和徐玉珍队长热情地跑步上前，三个人的手紧紧地握在一起。大家欢呼雀跃，振臂高呼。

国民党县长鲁同轩正在泉潮庵大雄宝殿里，听到外面震天的喊声，惊慌失措。“快，快关庙门！”他对警卫兵喊道。他拔出手枪，逃到藏书楼那儿，想从墙上翻过去，又怕跌折了腿，只好又慌张返回大雄宝殿。“一团、二团都跑哪儿去了？”他嚷道，“保安团不是也回来了吗？”他的额头上渗出层层汗珠，腿不停地抖动。原来一团、二团的士兵听到呐喊声，纷纷后撤。保安团逃到北面的小龙沟，躲在那儿乱作一团。

蔡永庭县长来到泉潮庵正门，见大门已闩上，就让人通报鲁同轩，要求见面商谈抗日救国的事宜。

“我不见。”他大喊道，“不管是独立大队，还是八路军，必须立即撤离五华顶。”他整整自己旅长的军领口，强作镇静地说：“怎么这么多人，是怎么一下子钻出来的？”鲁同轩气急败坏地喊：“饭桶，都是饭桶！来人，把一团、二团和保安团的三个团长给我找来！”他急躁得走来走去，将点上的烟突然掐断，又茫然地将掐断了的烟点上。他抓起一个水杯向着墙壁猛地砸去，只听咣当一声闷响，碎片撞得满地都是。

为表示诚意，蔡县长和八路军参谋长江诗清商议后，八路军向南后撤三里，分别据守斗山和虎山。国民党军见八路军后撤，这才聚拢到泉潮庵。“我们三千人的队伍，难道怕八路军几百人？马上回去召集部队，今天下午动手，坚决把八路军赶出五华顶山区。”鲁同轩下达死命令，对完不成任务的，该枪毙的枪毙，该坐牢的坐牢。

不料，八路军战士预先埋伏在斗山脚下密林里，战斗打响后，他们奋勇当先，将国军士兵压制在山坳里，连续两天毫无进展。国民党七旅一团团长气急败坏，调来山炮和机枪，向八路军驻守的两个山头疯狂进攻。大片树木被炮火击中，山头炸出一个个大坑，但八路军战士寸土不让，顽强地阻击。战至第十天，两个山头仍掌控在八路军的手中。鲁同轩坐镇三仙洞内，逼着国军军官往上冲，可等待他的，竟是大量的伤员及国军士兵倒下的尸体。

“快，让高孝门和王斗山带土匪军增援，答应他们的要求！”鲁同轩对秘书鲁生说，他使出这一撒手锏，可见他已是气急败坏了。

沈允泰和其他青救会会员组织运粮队、担架队，从南面奶奶山和西面虎山方向，不停地参与救护和送饭工作。他冒着危险，一路上到虎山，和八路军战士一起挖战壕、运伤员。他对这一带地形很熟，往往能帮八路军找到最佳射击点，八路军突击队按照他的建议，多次打退企图从右翼山沟里扑上来的敌人。沈允泰已经三四天没有退下去休息，实在困倦时，手里端着铁锹睡在炮坑里，饿了就来一把炒面。这天下午三点左右，允泰背着伤员从山头下来，伤员脸上的血溅在他的脖子上、脸上。正巧遇到参谋长江诗清和蔡县长，三人将伤员扶到担架上，交给后面青救会和妇救会的同志。

江诗清参谋长端起望远镜，发现对面敌人缩在山隐寺那边的山坳中，有几个小时没有进攻。他转身问沈允泰："你熟悉地形，你认为敌人会从哪儿袭击我们呢？"沈允泰思忖一会儿，恍然大悟说："如果敌人绕到我们的后面，从南面奶奶山过来，就会截断我们的退路。""参谋长，我愿意和青救会的同志，先到官道上侦察敌人，为八路军带路。"江诗清点点头，迅速安排一营，做好奶奶山方向的警戒，同时找到青救会和农救会的同志，让他们在运粮做饭、抬伤员时注意分散隐蔽。

第二天清晨，敌人新一轮攻势开始了。奶奶山方向果然传来密集的枪声，原来是土匪头子王斗山和高孝门从那里偷袭八路军的后方。八路军一营一连见敌人进入伏击圈，他们狠狠打击敌人，将土匪军从奶奶山上打下去。土匪军仍不死心，他们分批向奶奶山进攻，战斗十分激烈，附近的村民也纷纷赶来支援，共同打击土匪军。北边的国军开始新一轮的反扑，他们一批又一批地向着斗山和奶奶山的山顶涌来，双方的争夺更加激烈。不久两路国军占领了虎山，和八路军突击队展开争夺，形势十分危急。

参谋长江诗清焦急万分，趴在战壕里眉头紧锁。允泰把馒头和稀饭送上来，给江参谋长敬礼后，说："参谋长，我有个办法，不知道行不行？"沈允泰向两位领导提出，从西北方向绕道大龙沟，进攻敌人的后方军械所，并表示自己愿意带路。

“好，你过去给八路军带路，打败敌人后，组织会批准你为预备党员。”“是！”允泰和两名青救会的同志带路，江诗清参谋长亲自带领预备队，迅速迂回穿插，从大龙沟密林与湖泊间穿过，绕道小龙沟，从背后抢占制高点。小龙沟的东沟处有一大片山坳，那里藏着鲁同轩的军械所。八路军预备队接近时，守卫军械所的机枪突然响起来，将预备队压制在一个山坳中，情况十分危急。江诗清决定带领十几名战士，从另一个方向向军械所进攻。他翻过院墙，开枪打死两名守军，随手扔出两颗手榴弹，将敌人的机枪手炸死。他正要冲到军械所门口，却不幸被敌人的子弹打中，壮烈牺牲。

“为参谋长报仇，为参谋长报仇！”八路军战士义愤填膺，冲进军械所，活捉了躲避在这里的行署秘书长鲁生。鲁同轩见军械所被毁，秘书鲁生被俘，吓得赶紧求和，允许八路军可以合法地在宿迁驻军。

九　秋去冬来

天气转凉，先是一天一阵风，接着是一天好几场风，挟着冷雨裹着寒流，把小院落都冻透了。梧桐的叶片，在冷风的割裂下，轻柔地叹息着飘落地面。院墙院落里的老柿树裸露的枝干上，柿子悬在那里，紧紧地任性地锁在空气里，如红灯笼，用红彤彤的成熟昭示着希望。

沈允泰家的小院子里，别有一番温馨，磨盘匀速地转动，发出咬碎谷粒的哧哧声，小蛾舀一勺玉米粒，顺势倒进磨眼时，哧哧声就会突然变大，发出哗的一声响。允泰娘一人扶一根磨棍，竟能转动几百斤的磨盘。看着糊糊从磨盘间流出，看到俏丽的媳妇挺着肚子在忙活，她的心里就有一股使不完的劲儿。她肩负着照应全家的使命，更要维持好一家人的生计。磨盘下方，瓦盆里的糊糊已经胀满，接着是烙煎饼啦。她觉得有点直不起腰，但她猛地一抖，腰一挺，劲道又绷直了她的神经。

小蛾怀孕有七个月了，小家伙在里面耐不住性子，和小蛾捉着迷藏。她干活时，小家伙就不停地动，她静一静，小家伙在肚皮里面也安静下来，仿佛提醒妈妈不要太累。她想起铁扇公主肚子里的孙悟空，不禁咯咯笑了，做母亲的幸福，在她的眼神里荡出圈圈温情的波，仿佛是母子的心都在此亲密和谐了。她俩一起把满盆的糊糊端到锅屋门口，门内已支起了铁鏊子，糊糊盆和铁鏊子之间，正好是一个人手臂能够到的距离。允泰娘赶紧把点着火的麦秸塞进鏊子底，用一块砂礓将鏊子腿儿垫高，保持同一个圆面。她一手用勺子舀糊糊放到热鏊子上，另一只手拿着竹篾子，用力地一抹一挤，扇形的糊糊就圆满铺成薄薄的脆壳状的煎饼。接着，她两手协调用力，将细长竹篾翻卷过来的煎饼，用手指尖一捏，顺势就倒扣在竹筐里。

“小蛾呀，你趁热多吃点，允泰要是回家多好呀。”允泰娘道。“知道了，娘。”小蛾叠好煎饼，放一根葱，溜上辣椒炒小鱼，倒些豆拌酱，往嘴里一塞，香气就在唇齿间漫溢，把五官都染醉了。“娘，允泰上次一口气吃了五块煎饼，吃饱就不想你喽。”小蛾像个闺女一样和娘打趣儿，说完又给娘递上毛巾，站在娘的身后给她捶捶背，捏捏脖颈，别提多体贴了。

“闺女，只要他走正道，打日本救咱中国，做什么娘都支持。我不是不懂大道理，仁义礼智信，娘可是从小就埋在心里的。”允泰娘说着，忙用树棍挑一下鏊子底部，让火烧得更透些。草木烟灰从火里往外扬，缕缕升起，渐渐淡化在明朗的大气中。小蛾凑近娘的耳朵，轻轻告诉她："中秋节允泰告诉我，宿迁大队有二百多人正式参加八路军，他们已和陇海支队转战淮北，估计已和日军交上火了。咱们青救会的作用可大啦！允泰留下来一定更忙，他一个人要干两三个人的活呢。"小蛾心疼地说："汪主任夸他群众基础好，声望高。"

允泰娘满意地应了一声，就将鏊子底的火熄灭，忙着叠煎饼。小蛾让娘歇着，自己到东屋里伸手扒开草堆，露出一个盛满黄豆的蒲包。她凑上一嗅，一股霉甜味道扑面而来。"黄豆应该捂好了，看看豆子上可有黏丝？"允泰娘喊。小蛾解开蒲包口，伸手一捞，竟扯开一条条长长的黏丝，亮澄澄的煮黄豆此刻也变成灰亮。

她用力将蒲包从草堆里提出，倒在洗好的缸里，将辣椒、生姜片、萝卜干一股脑儿放下去，灌上水，就等着允泰回家食用了。

前院，沈允马家不时传来喧哗声，还有许多马咴咴的叫声。两家只隔着一堵两米高的墙，墙上有小门，平日里都是锁着的，但声音大时，在允泰家也能听到。允泰娘走近墙边的小门旁，能清晰地听到叫嚷声、碰杯声和大声谈话的声音，有人喊："沈队长，干一碗。"心想："莫非是允马做保安队队长了？"她退回原处，将酱豆缸封好，搬到屋里保存。这时小门竟然响起开锁声，允马娘端着碗挤进门来："他二婶，快把酱油倒一碗给我。家里来了保安兄弟，允马的手下。"小蛾和允泰娘应诺着，忙到锅屋里端出酱油，递到她手上。“这顿饭少说能赚两块大洋。”允马娘附在允泰娘的耳边说。她踮起小脚，一歪一扭地往回走。允泰娘忙过来帮着扶门，顺便问:“允马做队长啦？”允马娘眼角绽出笑容，忙说：“是副队长，再打一仗就能升。”允泰娘顺着门缝一瞧，果然看见窗口有三个当兵的，穿着制服，正在那儿高谈阔论。

小蛾和娘边吃饭，边赶着给鞋帮上好青颜料，摆在有阳光的地方晒，最后一个程序就是纳鞋底了。允马家的院子安静下来，午后的阳光将寂静的老宅涂抹上一层橘黄的颜色，又像是泊在一个古老而遥远的童话里，院外马槽、牛槽里偶尔传来一声响鼻，好像在抗议草料的迟迟不来。枝头的红柿子，仍在坦荡地做着自己红彤彤的梦。

门吱呀一声开了，沂河家的大儿子小光跑进来。他今年七岁，却已十分能干。他嚷嚷说：“二奶、小婶子，你家的灭虱油棍借我用用。俺老爹把棉衣脱了，放膝盖上捉虱子，才发现家中的油棍用完了。”小蛾和娘被他的话逗乐了，赶紧从筐里取出灭虱棍，交到他手中。小光鞠一个躬，转身便闪出院门。小蛾追出来，问小光：“前院保安队的人都走了没？”“都走了，我看到沈允马大爷爷拎着枪，带他们往村东走的。”小光认真地说。

小蛾把门关上，上好木门闩，刚在椅子上坐下，忽然听到院门那儿传来敲门声。敲击了五六下，均匀而有力，接着便传来低沉浑厚的声音：“大姐，快开开门吧！”小蛾很诧异，这声音尖而细，不像个正常人，倒像个什么怪物发出的。她正要喊娘，院外突然传来咯咯的笑声：这声音熟悉而又亲切，这么像允泰的声音！她赶紧趴在门缝里一瞧，真的是允泰。他扮着鬼脸，想给小蛾一个惊喜。小蛾惊喜地打开门，发现来了一群小伙子，却不好意思起来，赶紧喊娘过来招呼。沈允泰这次带十几名队员深入村庄，帮助各村村民解决困难，今天忙了半天，完成了任务，想着正好顺道回家看看。

沈允泰拉着小蛾，把八路军会师、自己被批准为预备党员的喜事一股脑儿地告诉小蛾。他俩说话的当口，队员们开始忙活，有的挑水，有的做饭，有的运柴草，有的打扫庭院。他们就像回到自己家里，动作麻利，不记一点儿报酬，只顾捡脏的累的活来干。允泰从怀里拿出《红色中国》《一二·九运动》，让小蛾保管好。他从包里拿出五尺花布和一个漂亮可爱的洋囡囡，说："可爱吧，送给咱们的小宝宝。"小蛾把洋娃娃放在怀里，抚摸着它细长的辫子、碧蓝的眼睛、粉红的纱裙，乐得开怀大笑。

沈允泰和小蛾聊了一会儿，就出来和娘一起忙活饭菜。吃饭时，大家亲热地围在一起，亲如一家。大家喝红薯稀饭，吃芋薯饼，就着萝卜干小菜，争着给老母亲盛饭、夹菜。饭后，队员拿出准备好的余粮，递给小蛾，算是饭钱。允泰娘说什么也不要，但大家走时，还是把余粮偷偷地放在院子里。

太阳落山不久，暮色便逐渐浓重，仿佛有一只无形的口袋，将土城村装进袋中。允泰娘和小蛾劳累一天，正准备洗脚休息。“快开门，允泰娘，我是你五爷。”院墙外突然传来咚咚的砸门声，大门牙五爷在院外喊，“快开门，把允马娘也都喊起来，给兄弟们弄些吃的喝的。”允泰娘嘀咕着，这五爷出去做土匪，这从哪儿冒出来的。她一边答应，一边将小蛾藏到里屋，让她别出声，又用锅底灰抹在小蛾脸上，用围巾蒙了头，允泰娘这才出去开门。

“侄媳妇儿，赶紧给咱们做饭，我们二十多个兄弟在门口等着呢。”五爷大喊，门板发出杂乱和沉重的声响，夹杂着撞击声、吵嚷声。允泰娘打开门，这群不速之客就拥进院内，五爷戴着礼帽，露出积满牙垢的大门牙，大喊着让允泰娘做饭炒菜。他的身后，站着二十多个高矮胖瘦不一、挎枪拎棍的土匪。

允泰娘虽然十分不愿意，但又怕土匪们恶意发作，就忙着做饭炒菜，烧鱼拿酒，把家中的老底儿都掀出来。

她在院中放一张大桌，点上油灯，又赔上很多好话，这才勉强维持局面。“五爷，你看是投保安队还是投日本人？”五爷身边的人问。

“现如今十八路反王，六十四路烟尘，两边都联系，风往哪儿吹就往哪儿钻。”五爷大笑说。土匪们围着五爷，喝酒划拳，一直闹到月亮西斜，才起身歪歪倒倒地离开大院。允泰娘跌坐在地上，又累又气，半晌也没缓过气。小蛾见土匪离开，忙闩好门，扶着娘到里屋床上歇息。

寒风一天天扫过，土城庄圩外的村民们，也变得惊恐无助。前院允马家，隔三岔五地会来一批保安团的人，他们出出进进，耀武扬威。本家土匪五爷，也摸黑来过几次，有时在允马家，有时在允泰家，吃喝喧闹，仿佛这天下就是他们的了。看到保安团的人或土匪出入，允泰娘和小蛾就变得小心翼翼，不敢声张，有时藏到秫秫地里，有时趴在防空洞里。断断续续的消息传来，山东临沂方向的日本兵不断涌进新安镇，以此作为苏北的日军老窝。日伪军不断引诱国民党官员和土匪头子，致使宿迁原有的八个区中的一半加入日伪政权。土匪又开始四处活动，公开抢劫、派饭，扰得乡村一片惊慌。

这天下午，沂河喊开门，对允泰娘说："二婶子，我去亲戚家才回不久，给您老捎点小枣。"他的裤脚卷起，头发有些乱，看得出是出远门的样子。小蛾和娘听说他推独轮车出远门，忙向他打听情况。"外面形势不好，我路上看到一些标语，说什么'攘外必先安内''保甲规约好'，我远远看到五华顶东寨门附近，有不少老百姓在喊冤。"沂河坐在板凳上小心翼翼地说，他生怕说到什么话会刺激她俩。允泰娘放低声音："你知道邵店那边什么情况吗？""我听保安队士兵说，邵店被保安团攻占了，沈允马抓住共产党的人，用鞭子狠狠地抽。"

几阵霜冻过后，树上的叶子已失去血似的，将它们枯黄衰败的颜色裸露出来。大雪节气一过，气温陡起陡落，空气中积累一层灰白色的云雾，沉沉得像包裹太多的泪水。允泰娘坐卧不安，脸一阵白一阵灰，但她强作欢笑，安慰小蛾说，前两天求过佛，也到祠堂跪拜，允泰会平安回家的。她知道小蛾不能伤心，她要尽力安排好家中的生活，细心地照顾小蛾的身体。

院子里很静，只有凄凄的风声在角落里打旋，将无数的枯叶卷来卷去，簌簌的低沉的摩擦声，替代百虫的合鸣。梧桐树下，允泰娘和小蛾在香烛前跪下，不停地祈祷。香烛直立在桌子中间，四碟洗净的水果和糕点围在它的周围，闪烁明灭的星点和允泰娘的泪点相互映衬。小蛾心里倒是安稳妥帖得多，她坚信允泰定能逢凶化吉，一定会安全回到她的身边，她轻轻拉下娘的衣襟，静静地陪在她的身边，尽力给些支持。

通往允马家的小门吱呀一声，允马的大老婆唐芳从门内溜进来。她身材高挑，身穿红花绸缎喇叭袖口圆领红袄，配上一袭大花裤；云髻高绾，插一只贴花金簪，光彩照人。她的脸型偏长，口红涂得太浓，双颊敷着香粉，看上去却像个舞台角色，失去生活的真面目。“二婶、小蛾妹，他二爷还没回来吧？允马和俺娘商量好了，等允泰回来，咱们好好聚一次，给允泰和小蛾堂堂正正地办一次喜宴。”她边说边瞅瞅这儿，瞧瞧那儿。“谢谢嫂子，我们已经堂堂正正结婚了，大家都是一家人，就不必客气啦。”允泰娘和小蛾不知道她葫芦里卖的什么药，就忙着纺线织布。

允马老婆唐芳刚进来没多久，允马娘也走进院来。她胳膊弯里挎一个大竹篮，手里还拎着一包东西，直接走到允泰家堂屋，将东西放到八仙桌上。允泰娘忙迎上来，说什么也不肯收。允马娘热情地说：“允泰和小蛾真是天生一对，我今天先给他俩买点东西，等允泰回家后，允马还要好好为他办次喜宴呢。”她拿出一块绸子布料、两支红蜡烛和一个暖水瓶，非要允泰娘和小蛾收下。“这可使不得，他大娘，这么贵重的礼物。”“允泰回来，可要和我说一声。允马呢，倒是常回来，下次让他兄弟俩好好聊聊。”

允马娘手按着暖水瓶，不停地打量着屋子，说：“他二婶，允马在保安团一个月十块银圆，你家允泰拿多少钱？”

“一个八路军士兵，一个月发一块银圆，他好像还没有工资。”允泰娘说，她又突然后悔起来，怎么能这么讲呢。她干咳两声，喉咙火烧火燎地疼。

“他找到自己的人生道路，这是最重要的，钱，他没放在心上。”小蛾回应说。她把簸箕里的黄豆扬起来，发出一阵阵爆响。

“这怎么成，这家里的欠款咋办？”允马娘叹气说。小蛾站在织布架子边，把手臂伸长，娘在一头续棉花，配合很默契。纺线车发出轻轻的吱吱声，将细长的线扣住小蛾手中的接线棍，线便自动聚过来。允马娘和她的媳妇儿也帮不上什么忙，就闲谈几句，退回自己家中。

“娘，小蛾，我回来啦，你看我带来了什么？”允泰敲开门，把银鱼倒在盆里。这些细长透明的银鱼，无鳞又无刺，润如羊脂玉，背部有一条细骨，泡在清水里，仿佛隐身一般，只有两个状如黑点的眼睛，才能感觉到它们的存在。“做两碗银鱼汤，给娘和你补补身子。”允泰对着小蛾喊。他又从口袋里拽出一只足有六七斤的大鸟。“这是大雁，从哪儿弄来的呀？”小蛾惊喜地说。“我们青救会转移到骆马湖的湖荡里，我就有机会遇到大群的大雁，一位老伯伯教我的捕雁方法，还真行。半夜里，把大秫秫缨子点着了，慢慢靠近，绝对不能快，因为不远处的兵雁已经盯上你啦。我慢一点，兵雁就形成错觉，就不会大叫，我就慢慢地轻轻地靠近雁群，一下子摁倒三只大雁。”允泰眉飞色舞地说，“让咱们的孩子也尝尝鲜，长大以后说不准也能飞。”

“你这个小孩，就是长不大。”允泰娘笑了，她这些天来的种种担心，都烟消云散了。允泰娘谈起允马家的事儿，允泰立刻警觉起来：“糟了，咱们兄弟成敌手了，他们保安团打进邵店，鞭打、活埋我们的队员，我们转移到棋盘后，那鲁同轩便让保安团烧杀抢掠，无恶不作。”允泰急忙收拾包袱，准备吃点饭，就出圩子。正在这时，沈允马兴冲冲站在允泰的面前，兴奋地说：“好弟弟，我正要找你呢，咱俩兄弟联手，我保你做副队长。”

树上的叶子被风搅得哗哗作响，乌云一层层压下来。他拉着允泰的手坐到椅子上，急切地想得到允泰肯定的回答。“哥，你这是在羞辱、威胁我吧，我倒是想对你说加入宿迁独立大队，曙光一定会到来。”允泰说。“好弟弟。”允马安抚他说，“我这是照顾你，首先想着兄弟，你看我不是一个人来的吗？我们沈家要抱成团。”他睁大眼睛，仿佛想把允泰吸过来，不让他往又穷又苦的路上去，“我都听说了，你们那什么大队不仅不给钱，还要整天帮穷人做事。说有一个队员，调戏一个俊俏的农家闺女，就被枪毙了，这也太不讲人情了吧。你看你哥，有钱有势，人生不就是图个享受吗？”他越说越激动，他相信总有一句话能打动弟弟，这就叫先礼后兵。

“这叫纪律，你们保安团永远不会了解，你们只知道腐败，出卖国家主权。”允泰也针锋相对地说。谁也别想污染我的心，谁也别想胁迫我和我理想中的民族。他腾地站起来，一脸的正气和无畏，他不想和这样的人谈话，这纯属浪费时间。

“只要你答应，好弟弟，沭河边我家的那三十亩地，送给你家。还有你家欠的一百大洋，我保证帮你想办法。”

沈允泰扬着头，一言不发。

“你会后悔的。”允马脸上的肉，突然爆成疙瘩，眼睛里闪出绝望和狠毒的目光。他气得甩手走出院子，把院门拉得嘭嘭响。

“允泰，你快从西门走吧，我来对付他们。”允泰娘心一横，“谁敢动我儿，我就拼上我的老命。”她脱下一只鞋子，插在腰上。

允泰倒没感到有多严重，他坐在椅子上，一动也不动，他的脸刚正而严肃，眼神里充满了傲气：“在家里，他不敢怎么样。”他拉起小蛾的手，鼓励她说：“小蛾，你别慌，等会儿我出去引开他们，你就去找沂河，让他带你回娘家。我随后就到。”

允泰背上包袱，光明正大地走出内圩门。突然，墙根处蹿出五名保安团的团丁，将允泰团团围住，为首的小队长端起枪对准允泰："兄弟，跟我们走一趟。""去就去，有什么了不起，快把你们的队长沈允马叫来。"沈允泰轻蔑地说。

允泰被带走的消息，很快在圩外的佃户们中间传开。天渐渐黑了，通往邵店的路上芦草丛生，远处的河洼里不时传来鸟的怪叫，允泰边走边观察，他在寻找机会。"站住，把人留下。"一声暴喊，一群群手拿梭镖、铁锨和木棍的年轻人围上来，把五名团丁紧紧围在中间。团丁们惊慌失措，还没反应过来，枪已被村民们收缴，他们跪地求饶，答应放人。允泰和运河他们商量后，就让护庄队秘密回去，自己抄小路追去。

沈允泰追上戚沂河后，带着小蛾顺黄巢湖堤岸走。遇到陡坡，沈允泰背上小蛾，沿着山道前行。凉凉的月光洒在背上，温馨又熨帖，小蛾掏出手帕不停地给允泰擦汗。到了娘家，正好赶上小蛾父亲在家。一家人聚在一起，商量着解决的办法。大哥明法说："上天跑反，我在叶圩山上盖了一间草房，有床有小木桌，先住在那里。"明法哥带着他俩赶到这间草房里，这才安顿下来。

沈允马第二天才知道沈允泰夫妻俩跑了，他气急败坏，命团丁将允泰家搜查一遍，恶狠狠地说："跟着穷人干，早晚是死。"

寒风吹过黑马河，旋起阵阵深浪，继而聚成深浅不一的水窝。阳光扫过，黑马河油亮的水波泛起涟漪，仿佛在等待它的主人热情又深邃的目光。

十　送信

青救会随独立大队暂时撤出棋盘街，在骆马湖和沂河的入湖口搭上草棚，从邵店撤回的十多名伤员得到救治，被保安团烧屋毁院的队员家属也被紧急安排到这里。这一带本是湖洼之地，挡不住寒风不断的侵袭，连水边的点点绿意也被摧残成枯黄的叶斑。草屋在寒风里颤抖，屋里屋外一样寒彻骨心。队员们盼着阳光和温暖，可等待他们的却是一场大雪。看着灰蒙蒙的散落的雪花，大家都出奇地兴奋，纷纷搀扶着走出来，观赏美丽的雪景。远处近处，连绵起伏的山冈，被自然之神艺术的刻刀雕刻得圆润美丽，流畅细密。沂河静静地流淌，湖面隐隐没没，而它们的生命之力，一刻也没有停歇，在积蓄和酝酿一场关于冬的演奏。

晨晓的风渐渐减弱，远处的水面也渐渐明朗，沈允泰搀扶着队友小曹和小牛在湖滩散步。他头上缠着绷带，头部的伤还没痊愈。小曹在战斗中腿被弹片击中，但仍坚持战斗。他们边走边讨论如何夺回邵店，商议再夺棋盘街的策略。“国民党保安团烧杀抢掠，和那些日伪军也没什么差别，我要申请上前线为民除害。”小牛说。

正说话间，他们发现远处有吵嚷的声音，一面旗子在半空飘扬。沈允泰迎上前去，发现有十多人，只见旗子上写着“抗日义勇军小队”字样，就上去和他们握手。

一个中年人拿出申请书，毕恭毕敬地放在沈允泰的手上说：“请您转交给汪主任，我们是时集乡村民联防队，我们渴望接受咱们共产党的改编和领导，我们愿意保家卫国打击日军！”不一会儿，汪主任和允泰来到他们面前，收下申请书，拿出纸和笔记下他们的要求。

“我们受够了官员欺骗、地痞欺压、日伪烧抢的日子。”人群里一位青年说，“你就答应我们吧，我们找了你们多少回，很多地方护庄队都渴望咱们县委的领导。”话刚说完，那边的路上又有很多人赶过来，他们举着各色旗子朝汪主任这边聚来，旗帜虽大小不一，但上面的字却十分醒目。“杀灭倭寇小队”“六塘河抗日队”“抗日联合战斗队”“烽火抗日队”“乡绅爱国团”“新安镇工学商抗日救国队”“宿迁运河战斗队”“宿迁工人抗日队”“草桥民间抗日服务队”，这些旗帜如一颗颗燃烧的心，跳跃着、闪耀着。“我们的民众意志坚如钢深似海，团结就是力量！”允泰的眼前是一片涌动的海，一片炫目的红，崇高的纯洁的使命感在心中升起。

太阳升高了，远处的山冈、湖水都显得明朗而俊秀。各个代表队簇拥在汪主任和沈允泰的周围，一一和他俩握手。人群中响起持久而又热烈的掌声，给这严冬带来了阵阵暖意。允泰目睹各地民间抗日团体的焦灼和期待，心中崇高的理想更加坚定，每天的工作也更加繁忙和充实。每次接待抗日团体，他总是做好登记，询问他们的要求和理想，为他们宣传党的主张，也感召很多年轻人报名加入青救会和独立大队。

这天，他正接待一个民间抗日团体，只听那位代表说，可恶的“元旦声明”竟然不让我们民众抗日，说什么靠政府，可政府这么腐败无能，哪还有心思管老百姓呢。允泰一打听，原来是国民党县长鲁同轩在五华顶县署召开会议，向全县发布“收编地方武装”“防止异党活动”“民众抗日有罪”的命令。1 月 22 日上午，鲁同轩竟然派人送来挑战书，要求在 1940 年 1 月 27 日必须答应整编，否则将宿迁独立大队全部消灭。蔡县长派人送信联系陇海南进支队，同时做好游击战的准备。两天后，送信的两名战士在半途遭到保安团袭击，不幸遇难。蔡县长悲痛之余，再次派出共产党员陆海川、黄万玉两位同志前往。1 月 30 日，仍不见两位同志回来，而鲁同轩的部队已形成大合围，企图将独立大队赶出宿迁，逼近邳县。独立大队连夜派人到附近征用船只，同时写信给鲁同轩，请求再宽限三天。2 月 1 日这天，悲愤再次笼罩在队员们的心头，共产党员陆海川、黄万玉被日伪士兵拦截杀害。队员们义愤填膺，纷纷到县委驻地请战：为队员报仇，向鲁同轩宣战，消灭日伪军。他们的喊声连成一片，气贯云霄。“我申请去联系陇海南进支队，我用生命起誓，保证完成任务。”沈允泰说。“你有什么具体的打算吗？”汪队长问。

“我想找到戚沂河兄弟，化装成生意人，便于掩护。”沈允泰说完，扯起一团草，握成球状，狠狠地向远方扔去。

“我给戚沂河同志写个便条，你们抓紧行动。”汪主任说，“等你们走后，我们独立大队就想办法往东南方向转移，再往归仁乡方向靠拢。”沈允泰和戚沂河在约定的地点见面后，把这次计划的事儿和他说了。戚沂河举起拳头，拍着胸脯，爽快地答应了。允泰拿出汪主任写的便条交给沂河，只见上面写着工整的毛笔字。

戚沂河同志：

我县青救会委托你前去联系，感谢支持，望回为盼。

戚沂河小心地把便条收好，放在里层夹袄中，准备拿回家收好。大约一个小时后，沈允泰和沂河就出发了，沂河推着独轮车，车上放着一袋大枣、扁担和绳子，允泰穿上老式旧棉袄，腰间照例系一根绳，带着土盖帽，活脱脱把自己装扮成五六十岁的模样。

沂河突然问允泰：“你去看看小蛾吧，她可是需要照顾呢。”沈允泰先是一怔，又冲戚沂河笑了：“我也想从小蛾住的地方走过，看看马上就会出生的孩子，可军情如山倒，这可是天大的事儿。”他可以看到叶圩山家的上方青翠的山色，小蛾正在做什么呢？孩子应该出生了吧！谢天谢地，祝愿母子平安。小蛾一定在那儿想我，想我回去，真想去看看她。沂河看到允泰用袖口抹眼泪，后悔不该问他这个问题。

走了三十里左右，天渐渐地黑了，树林、小河、大雄宝殿，甚至走过的路，都把光线挤走，留下丑陋、阴沉，甚至冷酷的一面。允泰年轻，有些沉不住气，额上的汗不断流出，饥饿也一遍遍袭来。他瞟向沂河，可沂河的速度一点也不见慢，脚底像是生出风来。允泰提议吃点儿东西，沂河就鼓励他：“别急，等上了前面的山坡就可以吃了。”然后又继续往前走。允泰以他为榜样，身上也渐渐生出气力，凉风吹来，不断地让他更理智更带劲儿。上了山冈，沂河突然让允泰坐到车子上，说：“老弟，你坐到车子上吃煎饼，我来推，这样可以节省时间。”允泰坐到车上，拿出煎饼吃，车子平稳而快速地向前，竟一点没受到影响。允泰一直看向前方，两只手紧紧抓住把手。轮到沈允泰推车，速度就有些放缓，好在戚沂河很快吃完了，就又推上车快速跑着。

沂河没有让允泰下来，而是让他坐在车上，这样反而更快一些。允泰坐在车上，有时就逗他：“沂河兄，回去向蔡县长申请，给你记一功。”沂河笑着说：“咱庄稼人出点力算啥？不过我心里一直在想，能像你一样成为青救会会员，我就十分满足了。”夜间很静，伴随着吱呀吱呀的车声，时间也在山道上飞快地流逝着。一夜下来，沂河绕过两处检查点，拐过宿迁县城，向归仁乡方向挺进。正行走间，前面突然传来哀求声和哭声，允泰忙跳下车，发现前面的路上，有很多人挤在那里，正在哀求什么。他俩以为遇到了难民，动了恻隐之心，停下车想上去帮忙，可走上前一看，竟是到了徐洪河卡口。他俩吓出一身冷汗，就慢慢退出人群，推上车想绕行。正想走，两个当兵的拦住他俩，不准他们离开。“老总行行好，咱俩是贩枣子的，就让我们过去吧。”沂河说完就捧出枣子给那士兵品尝。“不行，你没看到老总正在开会，任何人不准通过。”士兵们端着枪把一百多人逼到一个滩头，既不许通过，也不许返回。时间一刻钟一刻钟地流逝，到第二天上午，那个戴着礼帽的老总才出现在卡口。他长得很胖，腹部像是拴着一个十多斤的大西瓜。他提着一只手枪，眼角却沾着泪痕，显得很滑稽。“各位久等了，我也不想拦你们，这样吧，谁到这徐洪河里给咱弄两条鲤鱼上来，咱就打开卡口。”老总说，“不是我想吃鲤鱼，是俺娘想吃。我是个孝子，说话算数。”

“老总，我去。”沂河一声大喊，大家的目光齐刷刷地投过来，满是感激和赞许。允泰跟在沂河的后面，看着他砸开半尺厚的冰，看着他脱鞋子下河，他闭上眼睛，不忍心看沂河泡在水里的双腿，害怕泪水会涌出来。大家欢呼起来，允泰睁眼一看，沂河的手里，竟真的攥住一条足有五斤重的大鲤鱼。沈允泰刚把鱼拿到手里，只见哗啦一声，又一条鲤鱼在沂河的手里晃动，岸上随即传来欢呼声和赞叹声。

“老子今天说话算数，放行。”

戚沂河和沈允泰推上车，一路奔跑向前。他俩不敢停留，饥饿时就咬一口炒面或煎饼，累时就换着推车子。时间已是二月四日的下午，一想到独立大队的处境，他俩巴不得插上翅膀。

“沂河兄，到了，真的到了。”允泰指着前面的战旗激动地喊，他对陇海南进支队的八路军军旗太熟悉了，眼里流出激动的泪水，巴不得扑上去亲吻这面战旗。

六塘河边，那些枯黄瘦弱的芦苇，根茎被冰面切割，像一根根坚硬的魂。枪声从头顶嗖嗖飞过，有战友受伤倒下。远处近处，队友们掩护在土堆和大树后面，等待与敌人同归于尽。

暮色席卷而来，不久就把沟渠河汊拢进自己怀里。星辰也零星地飘在空中，冷冷得有些令人生畏。手榴弹和枪声响起，仿佛自然之神的胸脯炸裂，疼痛的气息弥漫村庄和河堤。

“你听远处的枪声，很有节奏感，像是南进支队的八路军和敌人打起来了。”允泰说。信号弹如流星，在空中炸开美丽的花朵。“命令我们的独立大队，立即反攻！”徐队长说。

顽军童团长躲在圩子内据守，双方争夺十分激烈。星光之下，八路军二营战士向圩内发起总攻，歼灭了包括童团长在内的所有顽军。集合完毕时，已是凌晨三点，此时正是除夕夜，战士们在零下十摄氏度的寒风中又冷又饿，杨团长和徐队长带领队伍来到附近的一个村庄，想到庄上避风。等靠近村庄时，才发现这里三面有壕沟，护庄队武装据守在圩门内，不准任何人进入村庄。八路军联络处多次在圩外喊话，护庄队不辨真假，拒绝开门。“老乡，我们是八路军战士。只是想在贵庄休息，不打扰你们。”杨团长亲自在圩门外喊话。

“不行，就是八路军也不行。”圩内护庄队强硬地大喊，“再不走我们就开枪了。”天寒地冻，夜风一阵比一阵冷。战士们又饥又饿，急需一处避风的场所，伤员们也急需救治，女战士们抱在一起，瑟瑟发抖。可不管怎么解释，护庄队就是不理会。宣传组的同志想到一个办法，他们大喊说：“同志们，我们一起唱歌，把我们内心的意志表达出来，让他们听听。”于是大家站成几排，围在一起，大声地唱起来。圩外的大路上，他们肩并肩，手拉着手，高唱《义勇军进行曲》《黄河大合唱》等歌曲。战士们一遍又一遍地歌唱，终于感动了护庄队。他们派出一个队员出来察看，发现果然是八路军的队伍，赶紧打开圩门。战士们吃着老乡递过来的新年大饼，喝着暖身的开水，过了一个特别美满的春节。

十一　麦地头

雨刚停不久，鸟儿就脆脆地鸣叫起来。这时初春半开的花朵，还在略带寒意的枝头颤动。棋盘街道上张灯结彩，喜气洋洋，汪主任主持青救会的表彰大会，亲自宣布沈允泰和戚沂河等五人荣获一等功。汪主任站起来，来到沈允泰的面前，虔诚地说：“祝贺你正式成为中国共产党党员，这是你的党证。”沈允泰双手接过党证，他的手微微颤动，仿佛是捧着一个新生的婴儿。“请你告诉戚沂河同志，他已被正式批准为青救会会员，下次见面，我要好好感谢他。”汪主任说。

“戚沂河的愿望终于实现了。”沈允泰说着，眼里有些湿润，他想起沂河推着独轮车送信的背影，想起他的汗水，想起他下河摸鱼的寒冷场面，不禁对他产生了崇高的敬意。他的面前，天地变得更为广阔，更为纯粹，有了一股坚强的力量。

汪主任会后专门找到沈允泰，叮嘱他回家一趟，及时了解邵店区保安团的动静，“鲁同轩一定会报复，你多多注意搜集情报。”“保证完成任务！”沈允泰敬了一个军礼，转身就回去准备。“我是党组织的孩子，我要顽强拼搏，不畏牺牲，努力为革命事业添砖加瓦，让母亲更骄傲！”他对自己的灵魂说。他伸手反复触摸胸口袋子里的党证，感到心里更火热，更踏实了。

叶圩山呈南北状隆起，其上树多林密，很早就有人家在此筑圩定居。沈允泰牵马走在山村里，巴不得马上就见到妻子。自从王小蛾住在这里，这里就已经是沈允泰的新家。清新的泥土气息以及树林里清幽的香气，让允泰有一种醉醺醺的感觉。

看到草屋顶上竖起的木桩，他却有些迟疑，小蛾在家吗？有人照顾吗？孩子安好吗？种种念头聚在他的心头，理不出头绪。他轻轻地走进草屋的正门，听到里面传来哄孩子睡觉的声音。哇，我的孩子，我的孩子，他激动极了，猛地跳起来，身子旋了一圈，落下时，身子更加轻松了。他轻手轻脚地走近，轻轻地喊：“小蛾，小蛾，你们好呀！”“是你啊，允泰！”小蛾探出半个脸说。小蛾头上扎着红色方巾，脸颊略显苍白，眼神显得疲惫，她欠下身子，从草门里挤出。“快，快，快看咱们的女儿！”小蛾笑着，另一只手挽住他的手臂。允泰轻轻地接在自己的怀里：“女儿，宝贝女儿！你看这是什么呀？”他轻轻地拿出党证，放在孩子的肩头处。他低下头想亲吻女儿，却被一缕缕乳香缠绕，感到一股香甜直抵心底。

“党员证！哇，你入党啦！恭喜恭喜啦！”小蛾像个小女孩一样跳起来，她抓在手里，贴在心口窝，“我要好好努力，争取也能像你这样。”小蛾深情地望着丈夫，好像在看天上的太阳。“以前呢，是我追你，现在呀，你追我了吧。”允泰帮小蛾理了一下鬓发，发现她又瘦了一圈。他望望妻子王小蛾，又看看这人直不起腰、类似瓜棚样的草房，心里涌起一股歉意。王小蛾看到允泰瘦去一圈，蓬乱的头发把耳朵都吞没了，好像苍老十年的样子。她心头一阵心酸，趴在他的肩头放声大哭。允泰伸出左手，轻轻地理着她的秀发，轻声地说：“对不起，你辛苦了。”他的眼眶也盈着泪水。

屋旁的树上，爬满长长的丝瓜秧，房前开着蝴蝶形紫色的扁豆，到处是坦荡恣肆的生命张扬。小蛾掐指一算，今天相逢，孩子已出生一个月零八天，连忙让允泰给孩子起个名。允泰想起和小蛾相恋的过程，头脑中又闪现小蛾蹲在草垛上的情景，就说：“给孩子起名叫小草吧，等有了第二个孩子，就叫小垛。”“允泰你看，这门前也有一个草垛，它带给我们温暖和温馨。”

允泰从包里拿出两斤红糖，十多个鸡蛋，如释重负地拍拍手。“娘来看过孩子了。”小蛾说，“妈妈和哥哥告诉我，那可恶的沈允马，带人到禅堂庄搜查三次，想找到我的下落。”沈允泰眉头紧锁，气愤地说：“日军占领宿迁城，他们不敢去打，却跑到五华顶来打自家人。我看他们也蹦跶不了几天了。”小蛾搂着允泰的脖子：“我也要和你一起干，才能进步快。”“好呀，等有机会了，我们一家三口一起干革命！”

允泰到土城沂河家，已是第二天的上午。沂河正在砌墙头，给院墙上方砌一个门楼，下面可以放农具。他见允泰来了，赶紧拉上他到屋内叙话。“加入青救会？还是汪主任亲口告诉你的？”戚沂河握住允泰的手，激动地说，“我第一次看到八路军，第一次看到独立大队，我就知道我找对组织了。我要加入中国共产党，再苦再累，哪怕砍头，我也不怕。”允泰向他表示祝贺，并向他交代了任务。

沂河仍旧推上木独轮车，去邵店赶集，顺便侦查保安团的动静。一连三天，天天如此，他想着多做贡献，才能不辜负组织的信任。他把汪主任写给他的便条装在内衣的口袋里，想起来就抓在手里看看。“再过几天，清明节一过，我就去棋盘，正式入队训练。”戚沂河高兴地想。

这天，他拿着刊物《宿迁青年》正准备到街上去，却碰上沈允马从圩内走出来。他把书往肘部一塞，转身要回去。沈允马一招手，炮楼上几个护卫队的二狗子跑出来，把戚沂河团团围住。戚沂河昂着头，用手挡住刺刀，大声说：“走开，你们要干什么？”

“戚沂河，你拿着反动杂志，私通八路。”沈允马拔出手枪，命令士兵将戚沂河围住搜身，搜出了汪主任写给沂河的便条。“沂河，跟我们走一趟，说清楚就可以回来了。”

“哼，是又怎样？我堂堂正正，不像你这么卑鄙。”戚沂河说。沈允马大喜过望，他想到鲁同轩开出一百块大洋，悬赏给八路军通风报信的人，而戚沂河暗通八路，正是他发财的好机会。

事发突然，左邻右舍围过来，要求将戚沂河释放。沈允马拎着盒子枪，大喊：“你们这些佃户，简直是反啦，再不让开，别怪老子的枪不长眼。”说完向天空连开三枪，趁乱押着沂河往邵店走。

沈允泰得知沂河出事，迅速报告汪主任，请求独立大队支援。沈允泰安排戚沂河的妻子，带上八岁儿子到邵店探望，才得知沂河被关押在五华顶。娘儿俩赶到山上给戚沂河送饭，士兵不准大人进入，每次只让八岁的小光提篮头进去，小光把饭放在门口，看不到父亲就被士兵吆喝出来。

沈允泰带领二十多名独立大队战士和护庄队队员，坚持在土城庄附近蹲守。沂河妻儿一回来，他就向八岁的小光打听每个细节。他还让沭河和运河假意加入国民党的保安团，到五华顶探明虚实。这天上午，五华顶上的保安团果然出动，朝邵店区方向侵犯，沈允泰等三十多名战士事先埋伏在路测的山沟边，待敌人接近时，沭河和运河手拿大刀、梭镖枪率先一跃而起，向保安队发动进攻。保安队士兵顿时大乱，留下七八具尸体，仓皇逃命。沈允泰等人冲上去，解救被押解的队员，却没发现戚沂河。他向被解救的队员打听才知道，原来戚沂河已被押解到其他地方。

太阳一竿高的时候，小光一个人给爸爸送饭，他照例把竹篮放在指定的门口，转身要走。看门的那个小眼睛士兵招呼他过去，说：“以后别送饭了，你爸已经不在这里。”小光很诧异，忙问爸爸上哪儿了，那士兵把脸转向一边不再搭理他。小光怯怯地退出保安团驻地，站到门外不知所措。离他不远的地方，两个士兵一边抽烟，一边朝他指指点点，他凑上去问：“叔叔，你们看到我爸爸上哪儿了？”

“哎，这孩子这么小，坑人哪。唉，又赶上清明节，你爸昨天晚上被五六个士兵拉出去往那边走了。”

“那个男人是个真汉子，仰首挺胸，令人佩服！看他们带着铁锨，谁知又在哪里挖坑呢？”另一个人说。那士兵说完，用怜悯的眼神望着他，用手指向东南方。

东南方是一块大麦地，足足有三四亩，中间有一条东西方向的大路，上面栽上两排杨树，路面两侧挤满灌木，远远望去有些冷森。其余的，都是一望无垠的麦田。

小光虽是个八岁的孩子，但他已预感到什么，撒腿就往那边跑。耳边呼呼的风声，灼热而灵敏的眼光，紧绷而膨胀的神经，把小光这孩子拉进了一个冷酷的战场。孤身一人，要在旷野里找到爸爸，该是多么无助！他刚开始紧盯着麦田，后来又把目光盯着杨树林，他想哭，想大哭一场。他突然停住脚，拨开杂乱的树枝，小心翼翼地走过刚被踏坏的草丛，来到麦地头。麦地头在树林和麦地之间，鲜嫩的草从枯草中探出头来，铺得满田埂都是。他突然脚下一松，忙蹲下来，原来是一片新鲜的泥土！这片泥土刚被挖过，成长方形，与周围的土色明显不同。他的眼光突然盯上一头稍稍隆起的鲜土，这是麦田最显眼的地方，他蹲下用手一扒，竟露出一只鞋！他的心加速狂跳，又紧成一束光：是爸爸的鞋，爸爸被埋在下面！他望向四周，除了树叶的簌簌响动，四周一片寂静。

他赶紧退到路上，大喊一声，往家里狂奔！冲进院子时，他脸色苍白，眼里充满疑问的期待，大喊："妈妈，妈妈，我找到爸爸了！"

沭河和运河跟在嫂子和侄子的后面，一路跑向麦地头。他们跪在鲜土边，轻轻地扒开泥土，把戚沂河的尸体抬到坑外。沭河猛然看到哥哥的尸体旁，竟然露出一只手！太可怕了！他们吓得跑到路上，商量了一会儿，决定弄清楚怎么回事。沭河兄弟俩发现，这坑里竟然还有一具尸体，是一个年轻姑娘的尸体！兄弟俩一起将姑娘的尸体抬出，竟发现这是一具穿着红花袄和花红裤子的新娘子尸体。小光妈妈猛然想起，这不是南庄新娶的媳妇吗？怎么会在这里呢？

不久新娘子的丈夫和娘家人前来相认，把新娘的尸体运回去装殓。原来前一天，她的丈夫让她去打酒，她回来的路上经过这里，恰好看到保安队正挖坑活埋戚沂河的场面，结果刚结婚才七天的新娘子也没有跑掉，被他们砸死活埋在这麦地头！罪恶之人残害生灵时，从不考虑该还是不该，而是考虑该如何掩盖罪恶。唯有麦田青青，田头花儿的竞放，才能将纯粹又朴实的灵魂净化，化为繁盛的生命之所。

沂河安葬的那天，允泰等三位青救会的队员来戚沂河家吊唁，他们把一面鲜红的队旗盖在戚沂河同志的身上。“沂河兄弟，经党组织同意，你已被批准成为中国共产党党员。我们一定战斗到底，实现你的愿望。”沈允泰趴在戚沂河身边，向自己志同道合的兄弟作别。黑马河呜咽的声响，撞击着他的心扉。

十二　抗灾

秋冬无雨，入春以后又无甘霖，沟渠的水干涸，露出底部的淤泥，农田开始干裂，布满孩子嘴似的裂沟。土地一片焦黄，良田吹起黄色的尘土和雾一般的云烟，禾苗禁不住旱情，几近枯死，树皮正在脱落，全然没有一点精气神。百姓求雨不成，就寄希望于清明节“雨纷纷”，不巧这天阴了半天，又热烘烘的，仿佛要把本已苦飞苦饮的小鸟渴死。到了四月，运河、沂河和沭河里的水已减去大半，失水的沙滩露出枯死的苔和草。骆马湖原本的淤泥滩，到处都是裂口，水沟没有半点儿水腥味；半山半湖的土岗扬起灰土，和彤色的云幔一起搭起闷热的帐篷。

中国共产党县委组建旱灾救济会，党员干部要自带口粮，走向田间地头，和山民们一起疏渠运水，凿井育苗。宿迁独立大队和青救会的每一名队员，都被分配到各村抗旱抗灾。沈允泰路过一处山冈时，看到蔡县长比他来得还早。他穿着土布衣服，身上背着粪篓，一手拎着粪勺，正在为老大娘施肥，允泰正要和他打招呼，蔡县长朝他挥挥手，示意他别暴露自己的身份。“大娘，种子和肥料都填好了，可以回家咯。”蔡县长说。他把老大娘扶到路上，安排她往回走，这才背上粪箕和沈允泰搭上话。“你这身打扮我都快认不出来了，您看您又消瘦了许多。听说您一天只吃两块高粱饼，还嚼菜根吃胡萝卜缨子。”允泰说着，眼眶里蓄满泪水，为了不让蔡县长看到，他就仰起脸看那远处的山坡。蔡县长拎着水桶，招招手，就大步地往湖水那边走。

沈允泰本是生产互助的好手，自然冲在抗旱的第一线。他组织劳力挑水运水，“浇一苗活一苗，养活一颗收一颗”，一两天顾不上吃饭是常有的事。他在所负责的村里成立党小组，发展积极分子，带动大家共同抗旱。他带领乡亲们挖了两口水井，解决村里亟须解决的水源问题。

这块古老的土地上，太阳就像一个调皮的孩子，把它的胃火肺火一股脑儿泻在泥土间，肆意地折磨嫩绿的禾苗。“农夫心内如汤煮”，“田野禾苗半枯焦”，而禾苗的父母们——那些村民，更是在泥土间汗流浃背，像抢救孩子生命的医生，哪怕为了能让它们活下来的一滴水，也要拼尽自己的老命。在党员干部的带动下，村民们与阳光赛跑，与阳光比毅力。田间地头，挑水补苗，浇水育苗的人络绎不绝，总算减少了损失。

这天薄暮时分，李大爷匆匆来找沈允泰，着急地说：“种五华顶庙田的佃户，很多人家缺钱、缺种子、缺水，亟需援助。”沈允泰二话没说，骑上马赶到禅堂庄，让哥哥王明法和他一起到禅堂寺，找到住持登明法师，希望他能和泉潮庵方丈静慧法师求情，帮助佃户渡过难关。

静慧法师上完早课，走到泉潮庵山门前的银杏树下，忽然被眼前的景色吸引，不禁想起这“司吾清晓”的风景。如今旧日的容貌虽还依稀可辨，但寺院的钟声不常敲响，风中也少了香客。“碧峰高耸映朝晖，历历苍松滴翠微。古寺幽深僧课早，数声清盘逐云飞。”诗人吴隐的诗充满祥和和宁静，而今这里却多了士兵杂乱的脚步和枪炮声，鸟儿的歌声里也寄寓空空寂寂的凄凉。

他穿过竹林和银杏树林，来到七真岩洞，听上方的螭首中流出的叮咚响泉。站在七真岩洞前，看右手边是泉潮庵，上方是三莲菱池，左边是寿圣寺，而前面就是深谷。面对此情此景，他的思绪在历史中飞扬：六百年前，慧光法师以一文钱从寿圣寺绍清法师那里购得五华顶地皮，兴建泉潮庵。两千四百年前，钟吾子带领钟吾国大臣随从来此避暑纳凉，畅谈国事，风度翩翩。历史上有多少道士、僧人和儒子在这里感悟人生，修炼身心。静慧法师一边想一边登上寿圣寺旁的岩石，只见鸥鸟翩飞，蜻蜓轻栖，荷塘蛙鸣，菱叶簇簇，游鱼自在游弋，好一处自由自在的生命乐园。他感到一种无可名状的孤独，一种深深的隐忧。

“静慧和尚，山门外有人求见。”一个士兵不客气地喊。静慧法师来到寨门外，见过禅堂寺、极乐庵的三位法师，向士兵求情，三位法师才被允许进寨门。几位法师讲述四个月的干旱，及庙田佃户求救的事。登善法师平时没有机会下山，听了三位法师的讲述，眼泪都溢在眼眶里。他又去寿圣寺找来登灵法师。五位法师一同前去求县长鲁同轩。

他们走进大雄宝殿鲁县长办公室时，正看到鲁同轩在发脾气，五位法师不敢上前。

“这次日军又派多少人到新安镇，到底是多少？”鲁同轩拍着桌子喊。

“听说是第五师。从海州进攻的本藤连队共有一千多人，加上原来的部队总数接近三千人。”秘书鲁生说。

“奶奶的，总是听说，听说。”他说，“高孝门和王斗山两股土匪的改编，进展怎样？”

“他们见我们被八路军打败，也不同意改编，还叫嚣要封他们为大队长。”鲁生面露难色地说。

“这仇必须要报，我们必须要为团长报仇！”鲁同轩咬牙切齿地说。

“高孝门和王斗山估计调不动，他们还要五千大洋的饷钱。”鲁生说。

“妈妈的，不行就干掉他们。土匪没一个仁义的，他们有奶就是娘。”鲁同轩拔出手枪，摁在桌子上说。

“鲁县长，我们有件事向您禀报。”静慧法师说。

静慧法师说明来意，请鲁县长同意赈灾。鲁同轩瞪了五位法师两眼，一口回绝他们的要求，训斥他们说：“你几个法师不要破坏国家大事，你们的眼睛只要盯着你们的庙田，其他不要操心。”

逃亡多日的极乐庵登静法师心里着急，壮着胆子问：“鲁县长，何时能赶走宿迁城里的日军，何时能解放极乐庵？现在的极乐庵，已被日军当作军械所和宿舍，这是在作孽呀！”话音刚落，鲁同轩顺手抽出两张纸，大声说：“这是省主席韩德勤的命令！”

登静法师见求情无望，不停掩袖抹泪，退到静慧法师的背后。“快来，快来。”鲁同轩一时心血来潮，带着五位法师来到观音像前。他让五位法师站成一排，他站在前面，心里默念道：“这次一定要灭掉宿迁独立大队和青救会。”祈祷完毕，他挥挥手自顾离开。

“报告旅长，这次大刘庄袭击很成功，十二个独立大队队员及其家属被抓获，无一逃脱。”李营长喜形于色地说。

“茅草过火，石头过刀。”鲁同轩凶狠地说道。

“鲁旅长下山已经三天，我们今天就可以回山了，开始吧。”秘书鲁生说。

十二名独立大队队员被押过来，他们有的赤脚挽起裤管，有的头发凌乱满身泥泞，有的身上有伤尚未痊愈……但他们一律都仰着头，鄙夷地看着眼前的士兵。在他们的前面，是寒光闪闪的铡刀，是一排举着大刀的屠夫。而不远处的村庄里，大火在熊熊燃烧，焚烧房屋的黑烟笼罩在半空，仿佛在诉说一个可怕的罪恶，仿佛在控诉一个人间的恶魔。在愤怒的月光里，在愤怒的喊声里，在亲人的痛哭声中，我们的十二名队员，怀揣火热而纯洁的理想，献出了他们宝贵的生命。

“村民听着，凡是暗通独立大队和八路军的，这个就是下场！这十二个独立大队队员尸首分家，不准任何人收尸！”李营长大声叫喊着说。

“回去好好收拾高孝门和王斗山，他们竟然违抗我的命令！”回到五华顶之后，鲁同轩仍然气愤难消，秘书鲁生看出他的决心，走过来和他耳语一番。鲁同轩听得不太明白，问他：“我们也学诸葛亮骗司马懿那一招，把毒汁浸在草纸上，订成书本，让他俩翻书？”“司马懿死在用手指蘸唾沫，我们不是有手帕吗？给他们摆一个鸿门宴，请他俩来赴宴就好办了。”鲁生说。

暮色时分，高孝门带上五名亲信上了五华顶，被请入五华宴客厅。鲁同轩亲自将手帕交到高孝门的手里，说：“高队长，这块手帕是韩主席送我的，请你用它擦汗洗脸，洗去风尘！”高孝门洗过脸，在宴厅落座。他刚要举起酒杯，却晕倒在地上。鲁同轩走上前几步，对着高孝门连开两枪，然后命令手下将他拖出去挖坑埋掉。旁边的警备室里，高孝门带来的五名亲信也被处决。

静慧法师见鲁同轩返回五华顶，又亲手处决土匪头子，也不敢到泉潮庵，就在禅房前银杏树下打坐，为灾民举行求雨法事。这天午后，鲁同轩怒气冲冲地找到他，劈头就问："老秃驴，你是不是瞒着我偷偷将几千斤的粮食发给那些佃农了？"静慧法师知道事情已经瞒不下去了，就淡定地说："山下灾民确实困难，我只是按照惯例救济饥民，还望县长宽恕。"他的目光淡定平和，仿佛入定一般。

"什么救济？这全是国家的财产，没有我的命令，不准你胡来！"鲁同轩脸涨得通红，"来人，把静慧和尚带走，关在军营三天，闭门思过。"几个士兵一拥而上，强行将静慧法师拽起，关到军营中。

抗灾仍在继续，而鲁同轩的烧杀把大刘庄推入无底深渊。村庄里到处是焚烧后的断壁残垣，很多家庭陷入绝境之中。独立大队和青救会队员个个义愤填膺，纷纷请战。

沈允泰坐在战友坟墓旁，久久凝望着枯干的田野。看汪主任过来，沈允泰再也控制不住自己的泪水。"我们强调合作抗日，可鲁同轩就是专搞分裂，中国人为什么要打中国人？""国民党一党独裁，不顾民族大义，倒行逆施，只会众叛亲离！"汪主任拍着允泰的肩膀，坚定地说，"我们共产党人是最清醒最坚决地站在民众中间的，我们不计得失，为民族的存亡而斗争，胜利一定属于我们！"

一抹血色的晚霞，把整个村子都染红了。山坡上的草木，仿佛正攒着劲儿；远处的山冈，露出坚硬的筋骨，画出一道道裂痕。春风不断吹来，吹去田间的燥气，四下里弥漫着鼠尾草柔和的气息。

十三　消失的庙宇

静慧法师上完早课，想起菩提子做的佛珠还遗留在泉潮庵内的方丈室内。这条佛珠是五台山华严洞法师赐予他的，非常珍贵。他小心谨慎地推开山门，往后面的方丈室走去。

山门前两侧威武的石狮，与前方这株巨大的银杏树构成天然的护将法身。静慧法师抬头看见高大的天王殿，屋顶的正脊、垂脊、檐角置有琉璃瓦，显得堂皇庄严。

殿前左侧有一方莲池，满池的莲正蓄满无限的生命，莲瓣初绽，晶莹剔透，荷叶托起朵朵荷花，初生的花骨朵正静静地绽放。右侧有钟楼，楼前广场矗起一方金鼎。

进入天王殿内，正中间坐着一尊弥勒佛，其袒胸露腹，笑容可掬。两旁则是八面威风的四大金刚，白脸的是东方天王，绿脸的是北方天王，青脸的是南方大王，红脸的是西方大王，四大天王镇守四方，寓意镇住四方邪妖。静慧法师走得很快，不一会儿就把天王殿甩在了身后。他来到大雄宝殿前的广场上，抬头即可看见一对旗杆高高飘扬，旁边供奉供养塔一座，把后面的大雄宝殿映衬得庄严殊胜。左面是念佛堂，右面是卧佛堂。走进大雄宝殿，中间供奉“释迦牟尼佛”，它头戴金冠，身披袈裟，跏趺于莲花宝座，两边列有十八罗汉像，各具神态，栩栩如生，如一群刚刚凯旋的斗士。这些雕像用价昂贵，莲花宝座是用金丝楠木雕成，座台则用的是紫檀木、银杏木。

大雄宝殿雄伟神奇，是整个泉潮庵的中心。自从鲁同轩带军队进驻，静慧法师就很少来这里。静慧法师登上一段仄仄的楼梯，来到藏经楼，忍不住回头看庄严殊胜的大雄宝殿。藏经楼共两层，收藏着数千卷的《大藏经》。这些经卷为明代万历年间御赐，一直是当之无愧的镇院之宝。静慧法师也只是阅读过其中的两百卷。藏经楼的后面，分别是法堂、照堂、讲堂、经堂、方丈堂，静慧法师打开法堂房门，果然找到菩提子佛珠。他退出泉潮庵后，心中又欢喜又担心。日军的逼近，顽固派的盘剥，五华顶可谓危在旦夕。泉潮庵历经火灾、旱灾，这次也一定能渡过劫难。静慧法师叹口气，朝后面的斋房走去。

“法师，有件事想向您禀报。”一位僧人对静慧法师说。他站在银杏树下，表情怯怯的，有点左右为难。

“高孝堂要给哥哥高孝门报仇，听说他不择手段去勾结日本人。”这位僧人说。

“阿弥陀佛，罪过罪过，这冤冤相报何时了呀？”静慧法师说。

五华顶的密林遮天蔽日，自是别有一番天地。太阳耸起身子，一溜儿爬到山顶，又一溜儿滚到那边西山林中。一天又一天，一直到端午节后。一群士兵慌慌张张跑到泉潮庵门口，大喊说：“鲁县长快撤！日军来了，气势汹汹，黑压压的一片。”鲁同轩慌忙跑出山门，站在银杏树下张望，他对这突如其来的进攻毫无防备。他侧耳一听，东寨门和西寨门枪声大作，夹杂手榴弹的爆炸声。他赶紧带上一群亲信向北面山洞里撤。这个山洞原是天然石洞，被挖通后，足足有两里路。鲁同轩赶到洞口时，已经有不少士兵躲避在洞里，以及在山上搞建筑的村民。“都给我让开，让鲁县长先走。”秘书鲁生大喊说。话音未落，日本兵的炮弹就落下来，秘书鲁生被当场炸死，吓得鲁同轩钻进山洞里，向洞的那一侧逃命。山林被击中起火，寺庙和建筑被击中，瞬间化为瓦砾。鲁同轩从小龙沟的山洞里钻出，落荒而逃。日军从三个方向进攻，很快就攻占奶奶山、虎山、斗山和五华顶，一千多名日军和两千多名伪军开始在山里大搜捕，国民党的顽军早已逃之夭夭。

土匪高孝堂和汉奸马介山跑步上前，扑通一声跪在日本联队长喜二郎等军官面前，连连磕头，惹得日本兵哈哈大笑。“皇爷，你们是我的再生爹娘，我愿意永远效忠大日本帝国。”

日军队长招招手让他们起来："不要跪了，快搜查那些山洞里、树洞里、寺庙里的刁民，一个都不能留。"

一群日本兵追赶到北面洞口，发现山洞里还藏着许多人，他们在出口和入口架起机枪，威胁、吆喝他们出来。日本兵十分兴奋，平时挨庄搜，这回都聚到一起了，多省心呀。这群百姓中还藏着二十多个国民党的伤兵，日本兵兵扔过绳索，逼迫三个国民党士兵将这些伤员全部捆绑。日本兵冲上来，将这些伤病员一一刺死，然后把剩余的群众集中起来，用机枪将他们全部射杀。日军包围泉潮庵和圣寿寺，将六百多名僧人驱赶下山。日军涌入寺庙，抢走一切可以掠夺的东西，连佛祖、菩萨像上的镀金，也被他们敲破刮走。

此时，王小蛾和妈妈站在叶圩山上，看到五华顶上升起的冲天火势和滚滚浓烟，大吃一惊。很多跑到叶圩山的群众，都聚在山顶，大骂日本兵的禽兽行为。

小蛾赶紧来禅堂庄找两位哥哥，兄妹一起赶到禅堂寺。登明法师带着众僧正在祈祷，面前香案上的香火正点点燃烧。

"咱们一起祈祷，保佑泉潮庵和银杏树不受伤害，它是我和允泰爱情的见证和象征！"小蛾拉过哥哥说。

日军大肆抢劫、纵火时，静慧法师早已穿起最高贵的红色袈裟，手持菩提子做的佛珠，端坐在古银杏树下。他眼睛微闭，表情平静淡然。"黑老和尚，滚开，再不走，捅死你！"日本兵围住他，为首的小队长川本大喊一声。静慧法师仍端坐在那里，仿佛这群恶魔不存在一样。川本冷笑两声，挥挥手说：“让这个老魔头见识一下我们日本军人‘文明的素质’。”日军将几千卷的《大藏经》及皇帝御赐的金腰带扔在地上，浇上汽油点燃，熊熊烈火瞬间吞噬了寺中的珍宝。静慧法师坐在火堆前，稳住身子，悲愤地说：“你们日本国也信佛，为何敢烧我寺庙、害我百姓？你们这帮畜生！”

川本冷笑两声，指着静慧法师说：“这里的一切，包括你，包括这株银杏树，全都要消失。”静慧法师站起来大喊：“与寺庙同在，与经卷同在！”他只身跳进火里，没有一点惧色。“给我拖出来！”川本往前一探，将静慧法师拽住，和身边的日本兵一起将他拖到火堆外。静慧法师坐在地上，微闭双眼。他的前胸后背都有伤痕，但他仍然坐在那里，表情平静淡然。“给我架到山下去！”川本恼怒地喊，“把这棵银杏毁掉，把这些寺庙院墙统统毁掉！”静慧法师被架到西寨门外，几位僧人将他搀扶到禅堂寺。静慧法师坐在地上痛哭失声，晕倒在地。王小蛾和哥哥走上来，帮静慧法师清理伤口。

“只有八路军，才能消灭五华顶上的日军。”王小蛾说。

“我去求八路军，为我皇皇大寺做主呀！”静慧法师不停地祈祷着。

“八路军很快就会回来的。”小蛾说。

十四　派饭

冰凉的秋雨一滴滴、一阵阵地落在石头上、草房顶上，发出沉闷的响声。柔弱的草茎，失去了那点点的绿意，在雨中结成枯黄的冤魂。雨连续下了两天，石头院落仿佛泡在水里，让人苦不堪言。屋子四处漏水，外面下大雨，屋内下小雨。这屋子很早就漏了，只是没钱修理。遇上这兵荒马乱的年头，人的性命低贱得和草狗一样。冷冷的雨水把人淋成落汤鸡，一般白天还能看到点儿躲雨的光亮，到了晚上便只能凭着感觉。家里每个人都要端两个水瓢或盆或罐，找漏得厉害的地方接雨点。雨水滴答滴答掉进瓢里，越积越多，手臂就开始酸麻，水瓢积满了，得赶紧把水从门或窗户泼出去。光线暗，全凭雨点声判断雨滴落在哪儿，一夜下来仿佛经历几个世纪的修炼，浑身酸痛无力，连说话的力气也没有了。“小蛾，我们家是党的交通站，只要有一口气，我们就要坚持到底。”王明法望向外面，眼神坚定地说。

“小声点，人在屋檐下，不能不低头。日军建立六七个炮楼，南起曹刘庄，北到黄花菜岭，他们干尽坏事。”小蛾娘说。

“五华顶正在修碉堡，我帮着打算盘记账。我本来不想去，一想到可以顺便查看情况，也就跟着伪保长往五华顶去。我一边干活，一边留心哪儿有钢丝网，哪儿是瞭望台，哪儿有明碉堡和暗碉堡，关键时候用得上。”王明法小声地说。

“夜里吃西红柿——专拣软的捏。那个日本小队长藤原二比疯狗都坏，尖嘴，两腮无肉，眉毛长得像一把刀，每次来禅堂寺都是他。”王明法接过小蛾手中满满的一瓢水，泼向窗外。

叶圩山那儿，有的地块露出干裂焦黄的颜色，只有零星的野菊花，还在那儿开着浅紫的花朵。天亮没多久，王小蛾已经忙了两个多小时，额头上渗满汗珠。允泰不回来，她必须独自撑起这个家，女儿小草已经一岁半，也要和她一样承受这生活的苦楚。她在屋子东侧的石头崖下抠上半天，拔了一些野芋头和野山药的根；又来到种白菜的地方，小心割下两棵，然后挖了一些野菜，放在篮头。

孩子小草还在草棚里熟睡，小蛾坐在门前小板凳上歇会儿。可一坐下，丈夫允泰英俊的形象就从心里升起来，她想到了他一个人的孤独与劳累，想到了他的不顾安危，她用手擦去眼泪，强迫自己不去想他。她望向远处，山上的雾岚一大团一大团的，仿佛巨大的圆球，好像乳白中飘着些许蛋清，浮在树梢之上，正缓缓地移动。山果和山花，也像魔术师一样变幻色彩。远处哗哗的山泉水声，还有树林里的松鼠、刺猬或是山猫弄出的响声，像是天籁里陪伴她的精灵。高大的松树、橡树和古栗子树织成的屏障，雄伟壮观得像一座城堡。这青山绿水，以及这雄奇与壮美谱写的乐曲，与我们血肉相连与我们的精神相通，一定能守护这里的子民。我们这些年轻的儿女一定能成为保卫家园的卫兵，一定能赶走这些日本强盗。王小蛾默默地想，目前最需要做的是坚持，允泰娘送来的粮食早已吃完，她老人家自己也是节衣缩食呀。

自从日军占领五华顶之后，情况变得更糟，整天里不时传来的枪声和爆炸声，这里的百姓仿佛掉入生活的深渊。王小蛾正在整修石墙下面的老鼠洞和屋顶的漏洞。

她正费劲地抠一块石头时，回头看见娘抱着篮头站在门前。娘本已高大的身躯缩了一半，也明显老了，小蛾心里一阵心酸，眼泪也蓄满眼眶。娘拿出半碗腌白菜和一块榆钱叶饼，让小蛾赶紧收好："这些伪军狗真可恶，吃人家饭还抢人家东西，我先拿来，冷不防会被狗子们发现。"娘说完，眼里流露哀伤的神情。小蛾扶娘坐下，发现她眼角的泪痕和血丝。娘叹一口气说："甲长又通知，今天必须准备八个菜，高孝堂的伪军又派饭，这次要安排十五人到我家。"娘的眼里，闪过绝望的眼神。她愤愤地说："已经吃了一个月，非要吃到山穷水尽不可。我说不做饭，我们举家逃难，可你爹非要我忍，可这怎么忍呀？”

“娘，你今天就在我家躲一躲，咱就不给这些伪狗子做饭。”王小蛾说。

“甲长说了，跑得了和尚跑不了庙，我等会儿回去再求求甲长，想办法再去别人家借饭、借菜。可庄上谁家还有余粮啊。你这两天都别回家，不管发生什么事你都别回家。听说日本人在北边黄花菜岭，南到奶奶庙都有驻军，国民党和土匪大都投奔日本人，出主意使坏水，坑骗咱老百姓。”妈妈叹了口气说。

娘越说越有气，她告诉小蛾要准备好一把剪刀，万一被逼迫，就和日军、伪军拼了。王小蛾想起娘给她讲过，《水浒传》里林冲的妻子被高衙内调戏，受逼迫时，就是用剪刀自杀的。娘离开时，小蛾担心地流下眼泪，叮嘱娘保护好自己。

伪保长徐明礼撞进门来，吆喝小蛾爹一家到东路口迎日本兵，威胁说：“你家在路口，出了问题，全家遭殃！”小蛾爹和小蛾娘抱怨几句。这徐保长就嚷嚷来了：“我这是老鼠钻风箱——两头受气呀，这十里八村就在日本兵眼皮底下，可要长点眼睛。国民党官兵都逃跑，不能指望了，识点时务吧。”

“快快，大家站紧点，日本兵一到，大家就鼓掌或举小旗欢迎。”徐保长站在路上大喊。庄上的男女老少一边低声抱怨，一边无奈地低头站在那里。大家虽然在山道两条站成两排，但个个面呈菜色，衣衫褴褛。不久，两排日本兵从北面花厅那里走过来，他们扛着枪，举着日军军旗，在乡亲们面前耀武扬威。徐保长见日本兵只有五六十米距离，就吆喝大家鼓掌、喊口号，他见没几个人鼓掌，就赶紧安排远房侄子拿鞭炮。他的远房侄子叫徐二愣，刚到二十岁，听徐保长一说，撒腿就跑去拿，可刚跑十几步，只听砰砰两声枪响，徐二愣栽倒在地上死了。那个矮个子小队长一把抓住徐保长，责骂："这个死了的，一定是土八路！"徐保长连连点头赔礼，把五袋米和十几只鸡鸭送给日本小队长，这才没把这场"欢迎会"变成"自残会"。日军走后，徐保长赶紧安排人把侄子埋掉，免得惹来更大的麻烦。

王明法也站在人群里，看见村民被日本人枪杀，气得攥起拳头，准备冲上去和日本人理论，却被他爹紧紧拽住。等日本人走远，他爹才松开他的手，拉着他回到家中。王明法气不过，冲出家门，来叶圩山找妹妹小蛾，准备找沈允泰商量办法。

太阳爬过树梢，又被一片阴云吞噬。小蛾娘张罗了半天，才炒四个菜，正躲在院子里叹气。小蛾爹劝她再忍一忍，自己去石头墙外拔些芫荽，这边还没忙清，只见外面的大路上一片乱喊乱叫。小蛾爹和小蛾娘出门一看，只见三十多名伪军分成两队，前面十几个伪军小头目正骑在马背上，耀武扬威地在山道上缓缓前行。

"欢迎高团长，向高团长敬礼！"徐保长带着一批人在马路上迎接。高孝堂十分得意，他骑马走到最前面，眼眯成一条线，他脸上的刀疤也缩成弯曲的狭小的黑沟，眼睛里闪动着邪恶的光。"我手下的兄弟三百多人，到你们保里，要好饭好菜照顾着。”徐保长鞠躬、弯腰，连连点头称是。高孝堂伸手拔出手枪，望着远处山坡处的一个黑影，大声地问：“徐保长，睁开你的眼睛看看，那儿是人还是野猪呀？”徐保长睁大眼睛，看了足足两分钟：“是人，应该是收庄稼的老妇人。”高孝堂没等他说完，砰的一声枪响，那个黑影应声倒地，大喊一声：“哈哈，这是我的百步穿杨枪法，谁要是不愿缴粮的，不愿派饭的，这就是下场。”徐保长吓得一脸煞白，赶紧跪在地上求饶。伪军们冲进村民家中，派饭吃喝，牵羊捉鸡。他们聚在小蛾家中，将玉米饼和红白薯粥吃个干净，吆喝着要吃小鱼炒辣椒。家中如今只有糠麸子、大白菜及一篮头蔓菁棵子，如何能让这些土匪心满意足？小蛾爹和小蛾娘连连赔礼，答应下次一定准备，这才打发了这帮土匪。

冷风一阵刮过一阵，将日子推向冰凉的深渊。日伪军还到处贴标语迷惑村民，说什么“日本皇军万岁”“东亚人不打东亚人”“反共到底，不留活口”。有些村民不明真相，不知真假，和日伪混在了一起。

夜色里，小蛾把二哥王明启写的标语塞在包里，和大哥王明法一起出去派发。兄妹俩一口气贴了十几个村落，到深夜才赶回家。第二天下午，王明法来叶圩山找到妹妹，兴奋地说：“宣传效果真好，日伪军见标语很恐慌，到处安排人搜查，村民们倒是万分高兴，说是为咱村民的心里点起一盏明灯。”“我就不信日伪军这股子邪气，等晚上我再去贴。”小蛾说，“我要给允泰一个惊喜，争取早日向党组织靠拢。”王明法沉思一会儿，想起几个好标语，就和小蛾商量。

“中国人不打中国人，不要欺负咱自己人。这个标语好，抓紧写出来，我去贴。”小蛾说。

“妹妹，我们宣传可以，但要想好退路，万一日伪军搜查，这叶圩山的草棚也住不下去了。”明法哥说，“我这几天就在南沟边排一条船，特殊情况下可以渡过黄巢湖，到大龙沟的洞穴里躲一躲。”

“好，到时候把爹娘也接过去，省得他们受日本人和二狗子的逼迫。”小蛾高兴地说。

林子外面有一块开阔地，远远地可以看到大龙沟一带的树林。兄妹俩在林子间的对话，就像天籁之音，为村民们送来光明和希望。他俩的周围，萤火虫飞起来，擦出点点亮光。

十五　农家支部

骆马湖东岸有个临湖的村落，叫李庄村。这里芦苇如带，荷塘相依，村民大多以捕鱼、编织为生。立春过后，地气一缕缕往上蹿，催出各色花朵，将筛子村打扮得分外绚丽。青救会汪主任等领导迈入一户农家院落，受到与会代表的热烈欢迎。

李大爷和儿子李水田早已把院子的西屋让出来，用作村支部办公室。小院内靠西墙的地方放一条凳子和一张桌子，墙上挂一长条横幅，横幅上赫然写着“李庄村支部成立大会”几个隶书大字。汪主任坐下后，大家都坐在他的周围，热切地等待他宣布好消息。李水田的爱人端上来一盘炒黄豆粒，分给大家品尝，院子里迅速弥漫着豆子的香味。

汪主任发表了热情洋溢的讲话。他说：“当前最主要的任务就是反扫荡、反蚕食、反伪化，根据宿北地区群众的特点，我党适时提出‘反对汉奸文化，反对维持会，参与保家卫国’的口号，马陵大队和长安大队一起行动，在短短一个月之内端掉了十六个伪政权。今天，我们在李大爷的家里成立李庄村党支部，任命沈允泰同志为李庄村党支部书记，这是县委的一个决策，也是我们青救会的光荣！”在支部会场热烈的掌声中，汪主任和沈允泰站在前面，紧紧握手。沈允泰举起右拳，代表党员做了宣誓。

葡萄架上铺满了绿叶，在春风中摇曳着嫩绿的脸蛋，阳光热烈地奔来，给盎然的生命注入活力。于是，葡萄绽放了笑颜，在院子的一角，静候夏日的成熟和喜悦。庄上的群众，三三两两地过来向党支部祝贺，因为有了领头人，群众的心里就踏实，有盼头了。

“咱们帮着给困难户送粮食。”沈允泰招呼一声，几个人推着三轮车往前庄走。一个月前，山东省临沂县有三十多人逃荒到此，生活很困难，没有了着落。沈允泰听说后，就登记下来，安排到村上的村民家住，还发放救济粮，分土地，给他们提供一个较为安稳的生活环境。

他们把粮食送到村口，正准备进村，突然听到村里传出争吵声。沈允泰一看，村民们正扭送两个人往外走。“沈书记，我们抓住两个山东临沂过来的汉奸。”共产党员何东喊。他的身边，站着十多人，大多是临沂那边过来的村民。两个汉奸非常害怕，跪在地上连连求饶。“无耻的汉奸，没有骨气的东西，你们和沈书记说呀，你们不是威胁不愿回到日军占领区的逃荒者吗？你们不是让我们缴粮吗？你们不是要没收我们家乡的田地吗？”

“我们再也不敢了，共产党饶命，小人该死！”两个汉奸跪在那里，哆哆嗦嗦地说。

沈允泰对两个汉奸说：“你们想让他们回去当汉奸，做你们想象的奴民吗？你问问我们的难民兄弟，他们答不答应！我告诉你，我们已经团结了，你们就不要再痴心妄想了！”

“打死这个狗汉奸！”大家都异口同声地说。

两名汉奸吓得脸色惨白，跌倒在地上。“沈书记饶命，我保证改，我保证不给日本人做事了，我保证！”

“只要你诚心改正，我们党是欢迎的。回去后，多做对百姓好的事情，不要与人民为敌。”沈允泰说。

“我保证！”两个汉奸说。他俩拿出身上的两块银圆，交给旁边的村民：“这是我们收的钱，现在就退给他们。”说完，他俩向沈书记和村民鞠躬，然后才慢慢退出村庄。

沈允泰领导的农家支部，不仅要做好政治学习和党建工作，还专门安排宣传委员和武装委员，带领党员和积极分子，带上铁锹和锄头等工具，挖断日军扫荡的通道。这天，他和群众挖断官道后，转移途中经过叶圩山，他就顺便回家找小蛾娘儿俩，正好也遇到哥哥王明法。小蛾和明法哥讲了日本兵欺辱村民的事，跟沈允泰商量着怎样给乡亲们出口气。允泰决定去找马陵大队徐玉珍队长，和日本人干一仗。

“黄巢湖的对面是大龙沟，沟壑水泊很多，有飞泉深涧，还有猿猴、野猪和毒蛇出没。翻过大龙沟，越过一个高高的山岭，就进入细长如龙的小龙沟，他的南坡就有日军的铁丝网和碉堡。听说被日军抓去做苦力的回来说，小龙沟那儿的工事还没有完工，想进入倒是有一个办法。”王明法说。

“我有一条土搂子枪，便于携带，为防万一，队员最好有大刀，大哥的大刀准备好没？”他急切地问道，和日本人干仗，允泰迫切地需要武装自己。

王明法怕小娥担心，就拉住允泰走出草棚，往南边黄巢湖走去。此时已是半夜时分，月牙儿悬在山村的天空，小路朦胧一片，允泰跟着王明法一直走。到湖边，他俩爬过一个沟坡，在几棵大树下停下来，“你看船就在这里。”明法说，他用手轻轻地扒开上面的浮草，露出船舷。船正好搁在一个斜坡的凹坑里，上面放上杂草和树枝，竟看不出一点痕迹。“就坐这条船渡到那边？”允泰兴奋地说。“你随我来。”王明法说完，顺着斜坡往上爬。

在一棵高大的野栗子树那儿停下，这里有十二把刀，王明法找人打制的，必要时补充到马陵大队。沈允泰小心翼翼地拨开草丛，果然摸到一把刀的环，他轻轻地抽出横在眼前，大刀一面开封，刀面寒光闪闪，铁环上还系上一根红飘带。这把刀长约一米，宽有十多公分，握在手里显得轻巧又厚重。

“万事俱备，只欠东风。我早就想灭几个长耳朵、矮个子的倭寇了。”允泰激动地握住哥哥的手。

这一天，天上的月亮时隐时现，星星睁着美丽的大眼睛，恋恋不舍地看着人间。沈允泰带领党支部的三名党员和马陵大队的战士蹲守在黄巢湖边，静静地等待天上的“三星”出现。“三星”是当地人用来记录时辰的星星，“三星”出现就证明已是深夜，就可以行动了。

十六　禅房里

大片梅林中，梅花在寒雪里绽放花蕾。红梅被染得骨节透亮，白梅素雅的香蕊，在纤细的枝头，闪闪烁烁，将高洁与坚强，以及隐士的情怀，都吐在这春光里。它如《诗经》里圣洁的女子，如夸父追求的光明，在梅干与梅枝之间，展现活泼奔放的姿态。

“钟吾南境上，花魁开满路。梅花冻不飞，开满村南谷。”法师望着眼前盛开的梅村，心中泛起无限遐思，在动乱的岁月里，大自然以它的轮回诉说人生的规律。“我要像梅花一样，做有气节的爱国僧人。”他想，我要尽一切可能保护好每一个生命，这才是咱禅宗的梅村。他苍白的脸上略显疲惫，眼睛里布满担忧和期待。

他走到山道上，向南北方望去，空旷的路面看不到一个路人。九层趁山佛塔高耸入云，几只白鸽子在塔楼旁飞来飞去。五华顶上的群山，仿佛还在沉睡，尚未醒来。他吩咐僧人在门前做法事，不许任何人随便进入。他快步穿过前殿和中殿，向左拐入一个圆门，走进西厢房靠南的房子。

“允泰好些了吗？”明登法师轻轻地亲切地问。他接过小僧递来的饭食，轻轻放在桌子上，自己就坐在旁边，默默注视着躺在床上的沈允泰。忽然，听到床上的伤员无力地“哎哟”一声，明登法师忙站起来，发现他左肩处仍有鲜血渗出，肩头和上半身都被鲜血染红。他端过一个盘子，用棉球蘸上消毒液，轻轻地擦拭。“同志们都好吧？”沈允泰发出细微的声音，他的下巴肿胀得很厉害。

明登法师赶紧围过来，惊喜地说：“你醒了，太好了。等会儿吃点饭，我们请的大夫快到了。”他很佩服眼前这位小伙子，他已经睡了一天一夜。“我怎么在这里？会弄脏寺庙的。”沈允泰说完，想欠起身，但一阵剧烈的疼痛限制了他的行动。允泰叹口气，静静地躺下，但他意识是清醒的，他想起自己下巴和左右肩分别中弹的情形，想到他一直到船上时，才感觉疼痛和眩晕。那时鲜血从脖子上往下滴，像小溪水一样无声地流着，有时发出“滴答”“滴答”的声音。他看看队员们都上了船，但自己的身子却没有一点力气。他想到了队员的安危，想到小蛾和孩子，心中产生一种强烈的信念：我要活下去，我不会死！后来，他晕倒了，什么也想不起来了。现在躺在禅堂寺的床上，他的意识逐渐清晰起来。

一名战士在船尾摇橹，船便缓缓向前移动，夜间的黄巢湖水神秘又幽深，风虽然不大，波浪比白日里推送得更猛，水面传出阵阵摇橹声，对岸山脊起伏，松柏巍然耸立，显得雄壮有力。战士们憋着一股劲儿，正想着冲上山头。战士们顺利穿过大龙沟，摸到小龙沟的铁丝网旁，允泰等人选取离碉堡远一点的地方，用铁锨挖出一条地道，从铁丝网下钻进去，慢慢地靠近敌人的碉堡。

沈允泰屏住呼吸，小腿肚子不由得有些颤抖。他咬紧牙，想把心里的紧张、害怕的情绪排除出去，但于事无补。他伸手从口袋里摸出两个辣椒——这是他事先准备的，他把辣椒扔进嘴里，轻轻地咀嚼，很快，辣味涌上头和四肢，他的胆子也大起来。两名在碉堡上站岗的日军，一个靠在墙边打盹，另一个缩在角落里睡得如死猪一般。按预定计划，允泰留下两名队员警戒，自己带领三名队员慢慢摸上碉堡，他手起刀落，果断地杀死一个日本兵，而另一个日本兵已被其他战士砍死。沈允泰蹲下后将怀里的战旗拿出，展开，挂在站岗士兵的枪头上。夜风里队旗迎风飘扬，十分壮美。“这么顺利啊！”允泰想，“这些日本兵，早就该命丧黄泉了。”四名队员完成任务又悄悄地从碉堡上溜下来。正当他们快到地面时，突然碉堡内传出吆喝声，碉堡下面还住着几名日本兵，他们发现情况有变，正握着枪在那儿乱嚷嚷。允泰等四人迅速跑下碉堡，向小龙沟撤退，五名日本兵从碉堡下冲出，向这边林子里密集射击。枪声大作，先前在碉堡西面村子里的两名队员，向碉堡这边射击，吸引敌人的注意力。

允泰等人拿出枪边打边撤退，可撤到铁丝网旁边，日军的火力也压过来。允泰一边命令队员钻过铁丝网地道，一边端着土搂子回击。他躲在一株栗子树后，看着一个日本兵离他只有二十米时，砰的一枪射过去，日本兵应声而倒。其他日本兵往这边摸来，他跳出来射击，突然感到下巴和两肩十分疼痛。他忍住剧痛，坚持带领队员翻过大龙沟撤到船上。马陵大队火力全开，将日军的火力压制住。船上，沈允泰斜靠在队员身边，坦然地微笑着，鲜血已染红他的上衣。剧痛一阵阵袭来，“真过瘾！”他说着，突然晕倒在队员的怀里。

谁敢无视运河、沂河的愤怒的涛声，谁敢侵入我们的家园，就让他魂飞魄散。现在，他静静地躺着，许久许久。“打死两名日本兵，真过瘾！”他突然觉得有一点饿意，想吃点东西，想看看队友和小蛾，但头又晕又痛，他只好闭上眼睛。这时，他听见明登法师轻轻打开房门，将一名医生请到面前。

这位医生四十多岁，专程从宿迁城里赶来的。他打开药箱，取出检查器械。沈允泰的衣服已经被凝结的血粘住，怎么都脱不下，医生只好用剪刀一层一层地剪开，把双肩的伤口清洗干净。医生发现他的下巴和左右肩各中一枪，建议取出子弹。

“子弹一定要取出来，没有麻醉药，只能用手划了，你同意的话就点点头。”

医生关切地说。

“你——划——”沈允泰点点头，说得有些吃力。

医生开始为沈允泰做手术，他先划开下巴皮肉，取出第一颗带血的子弹头。沈允泰嘴里咬着手帕，额上的汗珠渗成一片河水，但他始终忍耐着，没有发出一声的呻吟。明登法师双手合十，不停地为他祈祷，不敢去看带血的翻卷的伤口。手术足足做了两个小时，允泰硬是没有吭声。“小伙子真是命大，左肩处飞入的这颗子弹，离心脏很近，真是万幸，差一点就救不了了。”医生完成手术后，伸出大拇指：“小伙子，你真幸运，祝你好运！”

明登法师心里升起一股神圣且崇高的感情，他毕恭毕敬地端起盛放子弹的盒子，安放在菩萨像面前。明登法师身子微倾，左手执佛珠，右手竖在胸前，不停地对着盒子祈祷。他突然醒悟说：“这三颗带血的子弹，见证邪恶的入侵，见证驱除邪恶的纯洁的理想和勇敢的精神，它是我寺的舍利呀！”明登法师跪在地上，不停地祈祷。其他僧人见了，也跟着跪在地上不停地磕头。

“我们要把它供奉在寺里，以供后人铭记这段历史，追怀英雄，感念英雄！”这位医生似有所悟。他查看伤口，忽然说，你看这伤口的分布，下巴、左肩和右肩正巧形成人字形。“人字形好，一个大写的人，一个爱国英雄的人。”明登法师恍然大悟地说。这位医生走到寺门口时，还连连地夸赞，称他真是一位了不起的战士。明登法师说，允泰可是咱禅堂庄新姑爷，听说他们姓沈，原先可是土城庄的大户人家。他的祖上是山西军人，明朝初年的军政长官。

“他的身上流淌着军人的血脉，有血性有志气。”医生说。

“他们是代表民众，推动社会进步的勇士。”明登法师说，“我们五台山禅宗是文殊菩萨的道场，我们僧人也爱国。我们要团结民众，反抗日伪的维持会。”沈允泰的下巴缠上纱布，嘴也肿胀得厉害，但他心里明镜似的，明登法师和医生的对话，他听得清清楚楚。他感到自豪，感到自己正在向着理想的目标前进一大步。窗外，春的气息在微风中酝酿、发酵，生命的绿意染透了他的心田。“可敬的医生，可敬的明登法师，你们都是我心中的战士，咱们都有一颗保家卫国的丹心。”他想。

早上，王明法只身过来看望他，允泰握着大哥的手，叮嘱他一定不要让妻子小蛾知道自己的事。明法哥答应后，允泰的心才安稳一些。明法大哥小心翼翼地掏出一个纸包，将里面的黑鱼骨粉捏一撮，轻轻敷在允泰的伤口处，很快，伤口处的血止住了，疼痛减轻了很多。允泰看这药粉很有效，问是什么药。“妈妈和小蛾做的，把黑鱼的骨架在太阳下晾干，放在锅里炒热，用擀面杖磨成粉，就做好了。”他说，“治疗新鲜的伤口和疮面，都很有效。”明法说完，就把骨粉包好放在允泰的床边。沈允泰静静地想着，他想小蛾陪在他身边，想抱抱孩子，想小蛾见到自己会是什么情形。他的喉结忽上忽下地吞咽唾液，他强迫自己不去想这事儿。“这次伤好之后，我一定要好好陪陪妻子和孩子。”允泰对自己说。

明登法师送走医生之后，单独安排两名僧人负责照顾，自己也不离左右。晚饭时，寺外做法事的小僧快步走到明登法师身边，耳语几句，就又匆忙回到寺外。

有个五十岁上下的陌生人想进寺庙，被刚才的小僧拦在外面。明登法师赶到时，他正一边张望，一边强行进入前殿，差点和明登法师相撞。

“施主有什么事儿？这么晚了。”明登法师问。

“我有个亲戚受伤了，住在你们殿里，我来找他。”那人说完，眼睛贼溜溜地向四周望去。

“佛门净地，怎么会有伤员？你回去吧。”

那人溜到中殿，被几位僧人拦下，只好悻悻回去。明登法师发现来者不善，可能会惹来麻烦，他赶紧和几位僧人一起将沈允泰转移到大雄宝殿的后面，用帷幔遮住。

明登法师迅速召集三十多位僧人，在大雄宝殿帷幔前举行诵佛法会。刚刚安顿好，就听到前面有人吆喝，一队日本兵冲进禅堂寺，四处搜查。当五六个日本兵搜到大雄宝殿时，看到殿内正举行法会，只好悻悻而去。

当天夜里，王明法大哥和几位马陵大队队友将沈允泰接回棋盘，顺利摆脱了日军的搜查。

十七　黄花菜

禅堂庄向北五里处是五座山岭之一的黄花菜岭，它突兀地挺拔于田野之上。每年夏季黄花菜开满山头，花叶和花茎晾晒后，可供贫苦人家挨过漫漫冬季，故十里八乡的村民亲切地称呼它为黄花菜岭。

此时正当初夏，黄花菜开得正是时候。它捧起橘红色的叶片，一丛丛一簇簇向外延展，明丽端庄，宛若母亲慈祥的容颜。“亭亭乱叶中，　　芳心插”，远远看去，整座山岭显出无限生机，惹人注目。

太阳已经快蹦到树梢了，可家里的早饭还没有着落。先前，小蛾在地里翻来捡去，找到几粒蓖麻子，她一口吞下去，可饥饿感比先前更迫切。女儿小草很乖，坐在门前凳子上等妈妈做饭，等得急了，就跑过来找妈妈："妈妈，我想吃煎饼。""没有了，等过两天再想办法。女儿你都四岁了，要懂得妈妈的辛苦。"她走到屋里，从篮子底下找到巴掌大的一块煎饼。小草忙嚷嚷想吃，小蛾轻轻地把她推到一边，说："忙什么，一口气吃了，就没有了。"她撕下一块，铺开，将煎饼卷成条状，放到小草的手里，让她慢慢吃，又将剩下的一块重新放到篮子底下。

小草舍不得吃，每次只咬一点点，一块手指长的煎饼条，竟吃了半个小时。

王小蛾心疼地将小草搂在怀里，把脸贴在小草的腮帮上说："昨天给你讲关羽的故事，今天呢，给你讲石王庄煎饼的故事，好不好？"

"好好，妈妈真好。"

"王羲之是位大书法家，可他谦虚好学，还到处想拜师学艺。这一天，他走到我们南面的石王庄。"小蛾指了指南面，"他走到石王庄，看到王大娘正在烙煎饼，每烙好一张圆圆的薄薄的脆脆的煎饼，就顺手一扔，这张煎饼飞过两米高的墙头，正好落在同样大小的一个圆圆的竹篾上，不偏不差。王羲之看呆了，忙问王大娘有何神技？"

"煎饼没有腿，没有眼，怎么这么准呢？"小草问。王小蛾笑着说："王大娘说，天下写书法第一是王羲之，烙煎饼第一就是本大娘。王羲之听后，就回去了。"

王小蛾还没说完，只听砰砰几声枪响，远处的五花顶方向传来爆炸声。她抱起小草钻进房子，身子颤抖得厉害。小蛾趴在窗户上往外看，吓得她眼睛都直了。突然之间，山坡上到处都是往前奔跑的士兵，仿佛天兵从天而降，要为人间斩妖除魔。小蛾看不清是哪里的兵，吓得堵住门，心里怦怦直跳。

大哥王明法冲过来，抱起小草，喊上小蛾，赶紧跑回禅堂庄。黄巢湖到小龙沟一带，不时传来激烈的枪炮声。傍晚时分，小蛾带孩子回家，惊喜地发现，房子不但没有丝毫的损坏，还被整理得焕然一新。地面打扫得干干净净，缸里蓄满了水，石头墙墙根也被清理出一条水沟。更让人惊喜的是，连她家的草房顶，也被重新缮过。

“这是谁做的好事？难道是这些士兵？”她将信将疑地说。

王小蛾突然发现，在距离她五百米的地方，还有士兵在那儿蹲守。还没等她看清楚，她前面的树林里走出两名战士，热情地说：“大嫂，我们是新四军战士，来打五华顶日军的。”这名战士十八九岁，一脸的稚气。她了解到，他们过来了一个团的部队，已经打败了邵店的高孝堂，赶走了顽固派鲁同轩，并占领奶奶山和黄花菜岭，正围攻五华顶的日军。

“新四军真好，为我们百姓除去三大害虫，还帮百姓做好事。你们别走，我烧点汤给你们喝。”小蛾放下孩子，舀水去烧汤。

“不行的，我们有纪律，不拿群众一针一线。”他俩说。

不一会儿，汤烧好了。王小蛾转身一看，两名战士却没了踪影。这怎么成呢？小蛾找来篮头，盛上两碗送过去，走到一个树林旁，听到有人说话。“日军也不过如此，个个像缩头乌龟，钻在五华顶不敢出来。”一个人说，“日军小队长被我们打伤了，叫什么藤原二喜。”

另一个士兵说：“我们消灭黄花菜岭的日军，明天的八一誓师就可以顺利进行了。”

小蛾喊道：“两位战士哥，我可找到你们啦，快快，喝下吧。”两名战士犹豫了片刻，就拿出点零钱放到小蛾的手上说：“你收下我们才喝，否则我俩是不会喝的。”第二天清晨，天气格外晴朗，湛蓝的天空上飘出朵朵白云，给人们的心头擦出一丝丝亮光。王小蛾和母亲背上箩筐，往黄花菜顶采摘黄花菜。清晨的黄花菜，一个个精神饱满，好像早起的仙女，在晨露的陪衬下放声高歌。花蕾又大又脆，一根根黄亮的花柱头，高高挺起在花叶之间。王小蛾和母亲赶到山坡上，黄灿灿的花朵把山坡都染得一片金黄，令人眼花缭乱。不到一个时辰，王小蛾和母亲已经各自将箩筐采满，胳膊肘也抱上许多。因为战乱，附近庄上的人来摘的不多，许多花都已蔫败。小蛾母女从西山坡下来，正走到山脚下，突然听到山顶传来嗒嗒嗒的响声，她俩赶紧蹲下。过了一会儿，山顶又恢复了宁静。王小蛾突然想起昨日两位新四军战士的对话，忙对母亲说：“这枪声，应该是八一誓师，新四军在庆祝胜利呢？”说完，她抬起头向山顶望去。

母女俩站起身，穿过一片乱石堆，准备回去。小蛾发现在她左上方的山坡上，走下一队新四军战士。他们正往这边走来，小蛾想躲已经来不及了。“这一定是新四军，一看就是正派人。”小蛾娘认准了眼前的这些人，就是百姓的保护神，她笑着往前走，想和他们打招呼。

“大娘，你好啊。”一个声音传过来。娘儿俩抬头一看，这位新四军战士浓眉大眼，仪表堂堂，正亲切地注视着她俩。

“小蛾同志，你在陪母亲摘黄花菜呀。”一个熟悉的声音传来，小蛾一看，原来是汪益之主任。她高兴地答应着，正想和他打听允泰的事，忽然听到汪主任说：“今朝风月好，堂前萱草花。持杯为母寿，所喜无喧哗。你们母女在一起真让我羡慕呀。”

“汪主任怎么抢了我的话头。”这位中年人拍着汪主任的肩膀，笑着说，“萱草生堂阶，游子行无涯。慈母倚堂前，不见萱草花。大娘，看到您，我想起远在家乡的母亲。”

“您，您是——”小蛾娘说。她看到这些战士文绉绉的，语言亲和，不像是一个普通的战士。难道是新四军的连长，她心里嘀咕着，可没有说出来。

“我是一名新四军战士。”那位中年人声音洪亮地说，“老大娘，您就是我们的母亲。”他看着眼前光复的土地，心里倍感自豪，觉得山坡上的黄花菜更加高贵、迷人，觉得这里朴实的乡亲，正如自己的亲人一样。

“这可不成，我是普通的老百姓，您是我们的恩人呀，使不得使不得。”小蛾娘连连说。

这位中年人接过王小蛾母亲的箩筐，背在自己身上，一路和她们母女交谈，把她俩送到路口。她俩站在路边，直到这些战士的背影看不到了，才恋恋不舍地回家。“他们真是咱的贴心人哪！”王小蛾说。

十八　小蛾的歌声

炊烟从石头院子里升起，先是像一根白色的玉柱，然后慢慢飘向邻家，融化在草木和山林的气息里。小蛾娘早起推磨、烙煎饼，准备给小蛾一家带着路上吃。小蛾爹正在做木匠活，二哥明启正在写字帖，明法嫂给邻居送刚熬好的黄豆菜稀饭，端着碗刚回来。明法哥则和昨天一样，端着墨汁碗，右手拿着毛笔，正仔细地在孩子的腮帮上画大黑圈。三个孩子站成一排，痄腮疙瘩已经好了大半，再画三天就好了。

沈允泰和小蛾走进来，看到明法哥给孩子画痄腮，想起去年院墙上的干蛤蟆皮："大哥，去年的蛤蟆皮还有吗？也给我一根。"小蛾说。

"昨天就给你准备好了，到土城后，邻居孩子起疙瘩的，都可以用。”明法哥说，“不过，每次少取点就行，要在墨汁里磨干、泡透，更有效。”明法哥把纸包交给小蛾，反复叮嘱每次取干蛤蟆皮要少一点，泡的时间要长一些。小蛾看着发黑的打皱的皮，仔细地将它们包在里层。

“二哥，你的字帖也送我一些，我回去还要办个识字班。”小蛾说完，把二哥递过来的字帖叠好，小心地放在衣服的底层。

阳春三月，土垄间升腾起白色的雾气，踩上去松软舒适。经过一个严冬，叶圩山一带又显露它朝气蓬勃的面容。吃过早饭，王小蛾开始和哥哥一起装车，所有的家当，包括被子、饭桌和水缸，一辆独轮车就装得下。允泰和明法哥各自推着三轮车，一前一后，越过官道前往土城的家。“爸爸，我们还回来吗？”她蹲在独轮车上妈妈的身边，看着推车的爸爸好奇地问。

允泰笑了，说：“以后土城就是你的家，也是爸爸和妈妈的家。”他抬头看了一眼天空，太阳已跳到树梢，再走一会儿就到家了。王小蛾心里一酸，眼泪不禁流到两腮，离开土城已经四年了。婆婆也走了，现在终于等来民主政府，赶走日伪军和顽固派，终于又能回家。四年的流浪，四年的分居，今后一家人终于能过上正常人的生活。田野上升腾着一股力量，有树也有麦苗，这是谁都拦不住的力量。

“一晃就到了民国三十三年，变化真大呀。新四军去年灭了伪区团长高孝堂，赶走了鲁同轩，现在奶奶山、虎山、斗山和黄花菜岭，已经被我新四军拿下，只剩五华顶那一块，我猜是要熬死日军。”明法哥哥笑着说，他指了指五华顶，“日本兵也可怜呀，用枪和百姓换粮食，快成饿鬼喽。”

“哥，一夫一妻制、减租减息政策，深受百姓的拥护。你看，沈允马小老婆自觉改嫁后，沈允马也不敢咋的，跟着鲁同轩跑宿迁城南去了。”小蛾理了理额上的头发，扬眉吐气地说。

“咱土城庄还有一个好消息，我的好兄弟戚运河，去年参加了新四军。他骑着高头大马，胸前戴着大红花，那送行的场面真是热闹呀。”允泰讲到运河，突然提高了嗓门，“有舞狮队和旱船表演，还有黄梅戏表演，十里八乡的村民，那真是一辈子都难以忘记呀。”

“听说运河和其他新战士，羞得跟一个大姑娘似的，脸红得像猪肝呢；还有一个新四军战士，在马背上哭起来，可能是感受到了亲情的可贵。”明法说。

到了土城村，安顿好住处，允泰赶往李庄村，小蛾负责王庄村的妇救会和识字班的工作。小蛾和识字班的姊妹为新四军做军鞋，加班赶点，连饭也顾不上吃了。她们一排儿坐在地上，穿针走线，每一行要扎二十多针，一只鞋底要纳上一百二十行，而每一针都要经过锥眼、穿线、走线、拉紧等细活，需要十分细心。等到搓麻绳时，常要捋起裤腿，将麻绳放在裸露的腿上反复搓，一顿饭工夫下来，常常磨得腰酸背痛。一双布鞋要用二尺布，六两麻，十几道工序，能干的一天一夜才能赶制出一双。她们相互鼓励，哼着歌曲，连夜赶工。她们把一双双鞋转交给部队的时候，仿佛看到战士们轻快的脚步和杀敌立功的身影，感到特别有价值。

“我们都是神枪手，每一个子弹消灭一个敌人。”这一天，小蛾正在院子里唱歌，歌声飘到院外，正巧被回家的允泰听到了。允泰走进门，高兴地说：“小蛾的歌声很有力量呀！”小蛾见是允泰，忙拉他过来：“我的歌声里有力量，还有希望呢。允泰，我想利用咱们的老宅子，办个小学，怎么样？”王小蛾突然看到丈夫的眼角发炎充血，让他赶紧蹲下。她将自己的外套解开，一手捏住布纽扣的下端，沾上唾液往允泰的眼角轻轻一按，接着又沾一下舌尖的唾液，又往允泰的眼角摁去，一连摁上七七四十九下才起身。

“好呀，我支持你。”允泰说。小蛾靠在允泰的肩头，回忆着两个人一起经历的风风雨雨。如今有了丈夫的支持，她的决心更大了。“用知识武装自己，重建家乡，我们下一代才不会受欺辱。”她对允泰说，“我还想要个孩子，起名小垛，满足你以前的心愿。”

“嗯嗯，一晃呀，已经四年没有到五华顶了，等消灭了日军，咱俩要好好到五华顶庆贺一番。”沈允泰边给小蛾敲背边说。他想起当初的承诺，想起和小蛾结婚的情景，不禁对小蛾充满了感激。

小蛾腾出两间房做教室，免费教孩子们学习。王小蛾抱着很大的热情，买来书笔和纸张，添置了桌椅，然后一家一家地劝说，一家一家地落实，不到一周，招到了二十多个村娃娃。她又找到二哥王明启，希望他来给孩子们上课。可二哥看不上新学堂，小蛾就让二哥教毛笔字和算盘，自己承担语文、国防和自然的课程。

她白天里给孩子们上课，晚上给识字班的姐妹们上课，工作催着小娥，也催出了她的热情和斗志。她除了自学，还到镇上向其他老师请教，借来课本自己动手抄，和孩子们一起学习。到了音乐课，她还结合当前的形势给大家编歌谣，教孩子们唱。

小车子，咕噜响，
推着公粮上前方，
战士吃了打胜仗。
抬担架，送子弹，
打得敌人哭爹娘，
人民早日得解放。

古老的宅院里，阳光洒进无限光明，这些稚嫩的声音，伴着坚定的力量，像种子一般破土而出。小娥看着眼前这些认真唱歌的孩子，知道他们的心灵里，都有一颗美好的种子，只要认真唤醒，终会成为乡村的砥柱和力量。她走到孩子们中间，拉起他们的手，一起放声歌唱。

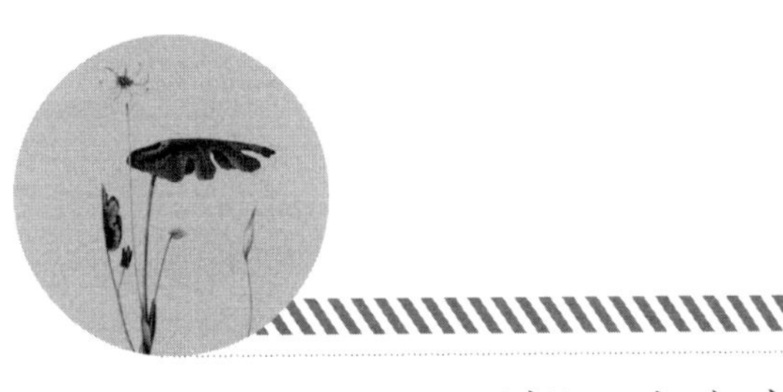

下部　人之恋

一　斗涝

厚厚的灰色雾幔中间，簌簌地筛下密集的雨点，雨点带着初春的凉意，像调皮的精灵，不等呼唤，便一股脑儿砸在麦田上、河床上。远处的路面上，便腾起一层层白烟。沈允泰将《人民日报》夹在衣服里面层，伸手擦一擦眉毛和眼角的雨水，不禁加快脚步。忽而东，忽而西，雨点群像是经过操练一样，节奏有声，叮当悦耳，允泰心中滋生熨帖而甘甜的味道。禾苗在雨水的洗刷下，醒了，亮了，张开嘴吮吸，挺起腰身，昂着头颅。路面的泥窝里，不知何时，汪满了水。路边的水沟里，雨水淹没草顶。雨势猛增，声声激昂，如万马奔腾，如嘹亮的劳动号角。沈允泰的头发滴下水珠，鞋子也湿透，他弯下腰，小心地把《人民日报》挪进胳肢窝，手肘往里一夹，快速向家的方向冲。

沈允泰冲到门口，拉开篱笆门，猛地钻进屋里，差点儿和正在张望的王小娥撞在一起。他冲进屋内的一刹那，允泰猛地感到一股大雨点夹着凉风，好像故意泼他一般，哗啦一声倾泻在门前。王小娥拿过毛巾，为他擦头发和脖子上的雨水。“好消息，好消息。”沈允泰咧嘴笑着，伸手把报纸放在她手上，王小娥本来就很焦急，等到下午才看见允泰回家，正准备问个究竟，见他递过报纸，气也消了大半。她打开报纸，一行大字映入眼帘——靠辛勤劳动过上富裕生活！她激动地喊：“养猪户黄新文，收入超万元，了不得，真是了不得！”她把报纸放在胸前，两只手紧紧地按住。

“十一届三中全会才过去五个月，家庭副业就搞得这样好，春风真的是迅猛呀！”他感叹说。

沈允泰拿起报纸，一字一顿地念了一遍。王小娥看着门外的大雨，突然问他：“东方爸，小儿子东方呢，他不是和你在一起吗？”“东方上午就去放牛了，我去开会了，他还没回来？”沈允泰心头一震，他到五华顶放牛，该不是淋湿了吧？我得去看看。他想到这里，扯了一块塑料布，冲进雨帘。

雨点仿佛在嘲笑沈允泰，啪啪地砸下，从四面八方将他卷在中心。允泰双手举起，托着黑色塑料布，只能遮挡头顶上方两尺见方的空间，雨水时不时就从塑料布上，塌方一般灌进脖子里，又湿又凉。他顾不了这么多，深一脚浅一脚地爬上五华顶。山头空无一人，大雨啪啪地打在树林上，发出哗哗的声响。“东方，东方！”沈允泰大声喊着儿子，他顺着路径滑下山坡，正巧看到两头牛站在树下。沈东方也看见爸爸了，忙跑过来把自己的蓑衣和斗笠让给爸爸，说：“爸爸，雨太大了，还有一头小牛在三仙洞里。”沈允泰一边推开东方，不让他解蓑衣、斗笠，一边往三仙洞那儿走去。这头小黄牛不过刚满月，毛皮光滑，没有淋到雨。沈允泰抚摸小牛的头和脊背，对儿子东方说：“天快黑了，雨小一会儿，赶紧回去吧。”

沈东方解下蓑衣，盖在小黄牛身上，和爸爸一起走下五华顶，朝家里来。走到半途，雨突然变大，天更加昏暗，路上一片泥泞，父子俩跌跌撞撞往前赶。两头成牛还可以挪动身子，小黄牛站在泥窝里，腿一直打战，头上脖子上灌满水，快要支撑不住了。沈允泰脱下上衣，将衣服盖在小黄牛的头和脖子上，自己赤裸着上身。小黄牛没走几步又横在雨中，头扭向一旁。允泰腰一挺，喊儿子帮忙，父子俩抱起小黄牛，像架起一袋粮食，呵护着往前迈步。快到土城时，小蛾也迎上来，将她头顶的大围巾也披在小黄牛的身上，抱起小黄牛的头，三个人终于把小黄牛送到了牛棚里。

雨一直在下，到了夜里，雨点变成雨势，把整个村庄挟进雨阵里。雨水汪在屋前屋后，流进堂屋的地面，把屋内也泡湿了。每过一段时间，沈允泰和小蛾都要打开房门，到屋前屋后挖水道，及时梳理雨水。挨到拂晓，沈允泰冲出家门。找到村长老赵，通知各庄组织青壮年劳力挖沟排涝。

土城村共十个庄子，全都装在沈允泰的心里，他一个村庄一个村庄地跑，脖子和大腿都淋湿了，斗笠和蓑衣也愈显沉重。直到中午，他才忙着往回赶。走到土城庄的田地时，他看到青壮年劳力冒雨挖沟，也参与进去。雨还在下，大家发现沈书记也在挖沟，过了一会儿，戚运河也扛着铣来参加劳动。他一眼看到沈允泰：“沈书记还没吃饭吧，我来换你。”“运河呀，乡武装部的担子更重，你就回去吧。”沈允泰仰头回答。沈允泰知道，戚运河自从当了王庄乡武装部部长，整天忙得不可开交，可他只要一有空就加入生产队的劳动。他从一九四四年加入新四军，已是三十多年的老革命了。“书记呀，我看这斗涝的场面，就是一场战斗呀，全村出动，军民一家，使我想起我参加过的来龙庵阻击战呀。”戚运河部长捋起袖子，站到离沈允泰不远处的墒沟旁。

“人心齐，泰山移。”戚运河心里一动，当年战斗的场面就浮现在脑海里，心里闪过一个个场面。

拂晓时分，风更是出奇地冷，内衣早已湿透，风一吹，我不禁打了两个冷战。一夜的急行军，部队终于到了来龙庵，远处来龙庵庙宇翘起的檐顶，在雾色里依稀可辨。我们刚到街上，就看到前面站着一排排民兵和支前村民，他们迎风站在那里，等候着我们的到来。独轮车队和马车队停在路口，等候着投入战斗。

支前村民向我这儿围过来，他们“抢”过我和老赵扛着的机枪，又推来两辆独轮车，将两麻袋的子弹装在车上，紧跟着我和老赵来到来龙街西面指定的位置。放眼望去，支前民兵挥动铁锹，已经开始挖战壕，仿佛我们之间有一种默契似的。我和他们打听，原来我党领导下的新农会早已接到通知，几天下来动员了五千多名村民参与这次支前抗敌，带路、挖战壕、护理、运粮、送饭等，早已准备就绪。我们竟成了客人，像是回到了新家一般。

新农会的蔡主任带我和老赵找到一个相对隐蔽的地方，帮我们把机枪架好："戚排长，不，应该叫你戚运河同志。"他握住我的手，"可把你们给盼来了，您看这儿地势怎么样呢？""很好的，我想您一定有丰富的带兵经验。"看着大鼻梁、宽脸庞的蔡主任，我惊喜自己有了新的认识。

蔡主任点点头，笑了："一九四四年五月，我们宿迁警卫团就是在这儿伏击从宿城来的日军，打死日军二十多人呢。这次解放军来了，一定能给咱们来龙人送上一场大胜利。""对，这里不仅适合伏击，还适合打敌人的坦克，来，我们一起布置一下。"我们找来木棍、芦苇，在上面覆上土，将机枪隐蔽在不远处，静候入侵解放区的胡琏十一师的到来。咱们九纵七十五团赵团长过来察看阻击现场，动员我们连要坚决打一场硬仗，我们憋足了劲儿，要争当杀敌标兵。

战至十四日下午，迂回夺战变成了寸土必争的战斗。由于敌人动用了大炮和坦克，我们组织的第一道防线被敌人突破，只好退守第二道壕沟。我们的夜袭队、狙击队、备战队轮番出战，夜间反击，终于击退了敌人。二营替换三营后，支前民兵也加入战斗，火线上不停地抬下伤员，这些伤员被安排到来龙庵内和村民家中救治。十五日上午，太阳刚从树梢里挤出来，敌人就汹涌地扑上我们的阵地。我和老赵坚守在壕沟前，不时用机枪对付敌人，农救会的同志又搬过来一袋子弹，他们还蹲在机枪旁，帮我和老赵装子弹。敌人的坦克终于撞过来，我和战士们扔出的手榴弹在它的旁边爆炸，“沉住气，慢慢引过来。”我们边说边撤出壕沟，在不远处布置阻击工作。敌人的坦克见我们后退，骄横地冲过来，掉入我们事先伪装好的壕沟内，炮管插入土中，不能动弹。我们冲上去，用手榴弹砸开舱盖，迫使敌人投降。

阵地上，五倍于我们的敌人疯狂地压过来，到处是炮声、枪声和呐喊声。突然，一颗子弹打中我的左臂，鲜血染红衣服，我感到钻心地疼，可我顾不了这些，继续组织战士们反击。我们七十五团坚守在来龙庵附近时，团部命令我们暂时撤出来龙庵，在街东三里处布防。其实，我们已经完成上级下达的坚守两天的任务，为二纵的穿插、分割争取到了足够的时间。果然，胡琏十一师仅仅占领来龙两天后，便溃败而去。我们七十五团重新夺回来龙庵，红旗重新飘荡在来龙上空。

戚部长想起这些战斗往事，心里充满自豪。他手中的铁锹挥舞着，像是增加了十倍的气力。“三叔，你歇歇。”土城庄戚小光队长说。他和他三叔一样，腰间拴一个军用水壶。大家这才抬起头，看到沈书记和戚运河副部长都来老家庄上加油，不禁鼓起掌来。沈书记和戚运河部长来不及放下铁锨，就将铁锨抱在怀里报以掌声。掌声和雨声混在一起，仿佛是一曲田园交响乐。

“哈哈，这可不成，我还是多干干，中央鼓励包干到户，多搞家庭副业，不干咋行？”沈允泰爽朗的笑声穿过雨阵，在社员们中间回响。

“这功劳可得记下。”戚小光转身对三叔戚运河说，“三叔，你也算一天劳力，算在三婶身上。大家说好不好？”

“好，让王建通老弟记账本，他人真诚又细心，不会错。”社员们一起喊。王建通是王小蛾大哥王明法的儿子，有学问，大家信得过。

政策好呀，
加油干哪，
吃好饭哪！
是好汉哪！

戚小光带头喊着，大家的铁锨排在麦沟的两边，一片锋刃的闪光，一排挥动的手臂。戚运河看着戚小光那宽阔的肩膀和飞舞的手臂，突然想起小光的爸爸，心想：“大哥要是在世，该是多么高兴啊！”戚运河想起大哥戚沂河悲惨去世的场景，眼里闪动着泪花。

这时，沈树人扛着铁锨走过来，他手按着头，装作生病的样子。他从小娇惯坏了，号子吹了多遍，他还在磨磨蹭蹭地不想干活。他拿锨挖地也不肯出力，只将锨掩在沟边，这边戳那边捣，不见什么实效。等到雨点小了些，沈树人就凑到王建通耳边："老弟，照顾着点，跟大家算一样哦。"见建通没嗯声，就摸过笔，在账本上他名字的后面加上一横杠。队长戚小光走过来，发现沈树人的作弊行为，就拿笔将他添的横杠狠狠画掉。"已经考虑你的实际情况，你还这样，希望不要有下次。"戚小光又跑过去挖墒沟，沈树人扭着头只好作罢。

"大侄子好好干，现在可正是立功好机会！"沈允泰望着沈树人，鼓励他。允泰明白，沈树人他爸沈允马死得早，家里全靠他一个人干。再说了，沈允马当年参加顽军和做过的坏事，不能算在沈树人的身上。

沈树人脸红一阵白一阵，他系好鞋带拿锨猛干起来。

不久天上的乌云变薄，接着露出亮色，终于放晴了。沈允泰脱掉斗笠，甩开膀子大干起来，大家也受到鼓舞，纷纷鼓起干劲，继续深挖墒沟，斗涝捞泥。沈允泰抬头看去，麦田里汪满了水，再不抓紧干，麦苗泡坏了不说，种豆的地也下不去人。"等雨停了，要好好规划一下，一劳永逸地解决水涝问题。"他想起去年大旱，有力出力，无力出工，全员上阵，很快就战胜干旱。他还拿出三百元为村民打了两眼井，至今还在受用呢。他想起一九六三年学雷锋和开拖拉机的事，以及原子弹爆炸庆祝的场面，心里又涌起一股革命的豪情。他挺起胸膛，仿佛是对自己说："这以后，联产承包也是一场革命呀。"

“开饭喽！”王小蛾和村上的几位妇女，挎着篮头，把饭送到地头了。树人妈、沂河嫂、沭河嫂都被动员起来，她们把饭菜煲好，一一送到男劳力的手上。大家或蹲或站，在沟边、田头有说有笑，吃得津津有味。吃完后，铁锨又挥舞起来，墒沟在他们的身边，拖起长长的身形，笔直又美观。

“东方呀，你也来吃点儿哟。”王小蛾向远处正在挑沟的儿子招呼，她儿子的脾气最像他爸了，总是挑难、累、脏的活儿干。“妈，你看这沟，必须不停地挖，一旦不挖沟，水就汪满了，不好捞浅喽！所以，要轮换干。”

戚小光喝完稀饭，一抹嘴，拎着锨就去换沈东方。东方走到妈妈身边，咕噜咕噜地把一碗稀饭喝了下去，“乖乖，衣服都湿透了。”小蛾心疼地说，“脖子上都是汗，你看你。”“没事的妈，你看，我的状态刚上来，有劲儿！”他挥动手臂说。

王小蛾帮儿子擦汗，突然发现他的手掌有异样。她想仔细看看，可东方握着手，背过身子说：“没什么，妈妈。”小蛾忙从篮子里拿出碘酒，掰开他的手掌。只见手掌上有三个大疱，像熟透的茧子，靠左边的那个水疱已经破了。王小蛾心疼得霍霍跳。她帮儿子擦好碘酒，叮嘱他千万别再碰到水疱那儿。沈允泰听说儿子手掌起水疱，忙将一只手套扔过来：“儿子，戴上手套，继续干！”沈东方接过手套，朝妈妈做个鬼脸，就开始新一轮的挑沟大战。

“这要是涝上五六天，今年的春耕可就麻烦了！”王小蛾和允泰说。沈允泰看着黑漆漆的夜和哗啦啦的雨声，心里非常着急。“太阳怎么还没打败乌云呢？我真羡慕有阳光的日子，咱们百姓心里亮堂，多好！”“有党的好政策，有百姓的团结努力，这涝天也撑不了几天，赶明儿挖一条大沟，将雨水刷到沭河里去。”沈允泰眉毛一扬，“到时候，咱们田野就有了输水渠，旱涝保收。”他躺在被窝里，听着飞扬的雨声，像是心中潜伏的乐曲，被音符的雨点催化开。

沈东方听到爸妈讲话，撑起身子坐在床上。他头有点晕，浑身无力：“妈妈，家里还有安乃近吗？”王小蛾披衣下床，拿了安乃近片，急忙跑到东方的房间，一试额头，滚烫：“哎呀，他爸，东方发热了。”王小蛾点上煤油灯，赶紧给东方吃了药。允泰下床，给东方披上蓑衣，一家三口连夜到医院检查。

拂晓时，检查还没结束，沈东方就溜出医院，跑到田里挑墒沟。允泰也早早出去查看墒情，王小蛾只好在医院等结果。

雨还在下着，紧一阵松一阵，仿佛故意考验人一样。墒沟挑好，水泄过之后，不久又被天上的雨水填平，田里又汪上了水。戚小光和沈东方忙着梳理墒沟，将沟里的泥捞出，让水自然流进大沟里。沈东方正在干活时，突然晕倒在田边。“东方，你怎么啦？”离他不远的沈树人喊。戚小光跑过来，背起他就往医院跑。到了土城庄北边的路口，正好看见王小蛾拿着检查单跑过来，“是急性肺炎，需要住院！”王小蛾喊。

晚上，母亲王小蛾坐在床边，看沈东方热退了，精神也好多了，这才缓了一口气。东方拉过妈妈，低声和他说入党的事。“妈，你和爸爸说，生产队长早同意了。”“唉，你爸这脾气，你该是知道的，对家里人特严，对外人挺爽朗。”这不，说曹操曹操就到。爸爸沈允泰一进门，就嚷着问东方活干了多少，汗流了多少。

沈东方看爸爸问这个，挺自豪：“爸爸，小光哥早就同意我为预备党员了，就等你一句话。”他胳膊支在床边，头上冒出冷汗，身体还是很虚弱。

沈允泰扶东方躺下，摸摸他的额头，关切地说：“你先好好休息，入党的事，还要多拿出成绩。当然，你是够条件的，不过作为我的儿子，还要让群众再监督一年。”

窗外，夜风拂过迎春花，香气溢满了房间。沈东方的心早已像鼓起帆的船，正要破浪前进。大雨过后，全村群众都动员上来。他们继续挖沟排涝，统一规划耕地，改造土地达两千五百亩。

二　挖元宝

王小蛾照例隔三岔五地去看望沂河嫂和沭河嫂，希望能给她们些照顾。前些天，她给两位嫂子家的孩子每人做了一双布鞋，以备秋凉。她向沭河嫂学做针线活，准备抽空给儿子东方做一条裤子。她走过窗口，准备给东方量尺寸，看到儿子东方正在看书学习，不禁喜上眉梢。

“妈妈，我准备参加县里招工考试，要多看看书。”沈东方说。

“东方呀，你也初中毕业了，我和你爸支持你！”王小蛾量过尺寸，拍着肩膀说。

“妈妈，我和你一起挖地窖吧，萝卜和红薯快入窖了，我正好也换换脑子，调节调节。”东方跑过来说。

娘儿俩在小院的西南角选了块地方，动手挖储藏窖。沈东方突然感到铁锨碰到坚硬的物体，掀开泥土一看，竟然是一个破旧的灰瓦罐。这个瓦罐表面粗糙，罐口缺个口子，只适合平时零用。东方抱着罐子，和妈妈开玩笑地说：“妈妈，我挖了个宋朝的大元宝。”“要是金元宝，就是咱祖坟冒青烟喽！怎么可能？”小蛾接过罐子放在墙角。

沈允泰在村部忙，回来时已是星挂树梢，走到村头墙角，只见许多人围成一窝，正讨论王小蛾和沈东方挖到宋代大元宝的事。晚上很静，声音传得很远，沈允泰听得清清楚楚。“什么，老婆和儿子挖到大元宝？”沈允泰停下脚步，他不相信这是真的。

“小声点，人家是书记。允泰他妈和我说过，她家宅子下面埋有大金球，一个有三十多斤，外面铸上黑铁，有十几个大铁金球呢。”沈树人他妈唐芳低声说。

大家都围在唐芳的周围，将头凑在一起，就像听天书一样。“在哪儿呢，要是挖到了，让沈书记一人发一个大金球，那真是美，我就可以买一个东方红拖拉机，再买一个自行车，再买一个电视机，黑白的也行。”“我娶个媳妇，给我生个大胖小子。”“你们想哪儿去啦？挖到元宝，要交给国家。否则，让你戴上手铐，吃现成的。”“对，交给国家，他沈书记必须亲自交。”大家你一言我一语，把周围的空气都说炸了。沈允泰全听在耳朵里，他轻轻咳嗽一声，掏出香烟来撒了一圈，笑起来对老曹说：“我回去一定落实清楚，给俺庄一个交代。”

第二天晚些时候，队长戚小光召集全庄开会。沈允泰给大家鞠躬后，把王小蛾和儿子东方挖到灰瓦罐的事说了一遍，又让儿子东方把灰瓦罐抱到怀里，现场请大家做个见证。

“这不是什么元宝，是儿子东方和王小蛾开的玩笑。”沈允泰说。

“书记，我们都相信您。”大家异口同声地说。

“我允泰谢谢大家了，我干了一辈子革命，绝不干对不起党和国家的事，我愿意接受所有人的监督。”沈允泰说，“还有一件事，就是有人说我家宅子下有大金球，我想请咱庄的劳力都带锨过去。哪怕掘地六尺，也要弄个明白。如没有挖到，请队长戚小光和老曹叔现场给我见证，以表清白。如果挖到金球，现场就交给县里，交给国家。”

在沈允泰的再三要求下，十几把铁锨在院子里挖翻了一遍，唐芳对儿子树人说：“树人，你爸死得早，家里的田都丢了，咱要争口气，哪怕挖到一个锈纽扣，也要带回家。”唐芳交代好后，自己也拎一把锨过来挖。王小蛾见她来，忙说:“大嫂子，你指哪儿我来挖。”唐芳指指水缸下面，王小蛾移开水缸，就和唐芳一起挖。挖了半小时，唐芳看到屋里屋外都挖出一个个大坑，也没见到什么大金球，就气恼地说：“这老宅的墙壁，这么厚，说不定有夹皮墙呢。”

“大伯母，这不能光凭想象呀！”戚小光说。

“那就把墙挖开看看吧！”沈允泰说，“弄清楚了，也就不会有非议。”

三四位村民一起动手，在老宅每一面上凿开一个洞，又顺着洞往里找，除了有一两个老鼠洞，哪儿有什么夹皮墙。“哎哟，哎哟！”沈树人一只腿别在一个坑里，人摔倒在坑边，不停地呻吟。唐芳一看，吓得赶紧去拉，“乖儿子，我的心头肉呀！”“求求土地老爷，我再也不瞎说了，我该死，我该死。”她猛地抽了自己两个嘴巴。

没等她动手，戚小光和沈东方早已合力将沈树人抱到坑外。王小蛾忙拿出碘酒，在树人腿伤处清洗、上药，安排将沈树人送到医院。

“证明清白就好，大嫂子，我们可是一家人哪！”沈允泰坦然地说，“这样吧，明天就是中秋节了，我们庄来全鱼宴大聚餐。油和盐，就由我家承担，鱼呢，家前屋后捉二十条。”

大家二话不说，提篮背筐奔河沟而来。凡有清水处必有鱼儿游，门前屋后大汪塘，到处都是鱼和虾。过去，百姓平时忙着“活工”，捉鱼被认为是不务正业。现在好了，有沈允泰家支持油和盐，可以大吃一顿喽。不到两个时辰，鲶鱼、黑鱼，一筐一筐背到家，先放在水缸里，静等全庄老少的大聚餐。

几株桂花树旁，条形桌顺排放好。小板凳大板凳随便坐，没板凳的随便蹲着，乡里乡亲的聚会，就图个热闹气氛。大人们还没坐好，孩子便早已欢天喜地地跑圈圈了。桂花浓郁的香味，可是最好的调味品，一缕缕的月光，可是最好的油灯。蓖麻籽炒的鱼别有风味，浓香的豆油和花生油调制的鱼盘——红烧的、清蒸的、拌炒的，把半个庄子都浸透了。

酒过三巡，菜过五味，沈允泰站起来，风趣地说：“乡亲们，我们庄还真有一块大元宝，比金元宝还珍贵，就在我们庄，你们猜猜是什么？”

“真有呀？”有人大喊。

“哈哈，这块金元宝就是我们的勤劳、善良。中央的政策好了，包产到户，发家致富，再也没有人限制我们了。”沈允泰顺势说，“我的老宅子，让出来给大家办养鸡场。我们再盖两间草房，够三口人住的就行了。”

“沈书记，允泰老侄，你确实配得上咱们的领路人，我佩服你！”老曹叔站起来，“乡亲们，你们说书记好不好？”

“好，好好！”乡亲们鼓起掌来。

“这样，沈书记不仅是口头说，他已选了两间房子做宅基，我提议，咱们生产队的劳力，帮沈书记家打夯，今夜就完成！”老曹叔的话，说到大家的心坎上，激起一阵激烈的掌声。石夯抬过来，老曹叔伸手试了试嵌着的铁箍及箍上固定的铁环，他又走近一步，双手握住手把粗的木棍，往里紧了紧。他直起腰板，大喊一声：“嗨哟，打夯喽！”这一声如吸铁石，呼啦就围过来十多个壮汉，他们围成一个大圆圈，一人一根绳子，只等舵手老曹叔吆喝协调了。

“嗨——哟。”老曹叔一声喊。

“嗨——哟喽——”

十多个牵绳者一律仰头挺腹，双手一起向上用力，石夯随即高高地托到头顶。老曹叔轻轻地把棍往下一带：“嗨呀！”

石夯在喊声里往下迅疾下落，大伙随即高喊：“嗨——哟呀！”号子声和石夯声交融在一起，震天动地。

石夯的气势一旦起来，就像一首乐曲刚刚开个好头，那音符忽上忽下，众人的脚步也随之移动，梅花痕的石夯印就深烙在地上。

包干到户——
哟，加把劲呀！
嗨——呀，
使匀劲呀，
喝老酒呀！
哟嘿哟喝哟，
赶明儿呀，
盖新房呀，
哟嘿喽，
生活节节高啊，
嗨呀好嘿嘿！

整个村庄如摇篮一般，在众人的夯声里轻轻地颤动。大家在这强有力的夯声中，兴致正浓，不时地哈哈大笑。王小蛾母子端来热腾腾的米汤和馒头，一个组过来吃饭，另一组继续交替打夯，保持不窝工。允泰脱去外衣，用一根细绳往腰间一扎，和伙伴儿打夯，喊号子声也一样响亮。

三　祭母

土城庄西南，黑马河隆起的河堤一路奔向西南，如一条绿龙。地上有几处坟茔，掩映在树木和草丛之间。

沈允泰和王小蛾挎着竹篮，小草端着簸箕，大儿子沈东明拎着篮头，东方抱着笆斗，一行九人来到河堤上坟。沈允泰父母的坟前，嫩草茂密，围着坟茔生长，显示勃勃的四月的生机。往日跪拜的地方，依然可见纸灰的痕迹及旧的痕迹里长出的绿色的草根，几片枯叶撒落在草间，脉络间泊着瘦瘦的精魂和不屈的呐喊。沈允泰、王小蛾和儿女一起添土护坟，清理杂草后，一起跪下祭拜，把浓烈的相思寄给九泉之下的先人。

沈允泰跪在母亲的坟前，一股内疚和悔过袭上心头："娘，儿子向你忏悔，虽然我是为了完成秘密任务，才向您隐瞒真相，但我没有及时告诉您，考虑问题不周，致使您含羞离世，是做儿子的不孝，我的灵魂无法安生！”允泰默念着。记忆的点滴如一滴滴冰凉的水，击打着允泰的心坎，他痛苦地跪在地上，掩面低声地哭泣。

“允泰，现在日伪军实行蚕食政策，民主政权面临严重的困难。你这次假装投降日伪，接近并消灭高孝堂，一定要保密。对你的妻子和父母也不能走漏半点风声，最好是不要见面。”

“是，汪主任，我保证严守党的秘密！”

“小杨同志，我们来到伪军窝里有一个月了，今天是腊八节，我想喝娘做的腊八粥了。你帮我打听娘的情况了吗？”“允泰，你做伪军的消息早就传开了，伯母她宣布与你断绝关系，把你从族谱中除名了。”

沈允泰想到这里，额头上直冒冷汗。民国四十二年冬，他听到支部小杨告诉他这个消息时，他的额头也是直冒冷汗，头脑涨得很痛。他当时想回家，可又怕走漏风声，功亏一篑啊！那天正下着大雪，大雪旋进炮楼，包围了十里八乡，投身于河床和阴暗的角落，发出沉闷的呜呜的哭声。而现在，沈允泰的眼前只剩孤独的坟茔。

“允泰，除掉高孝堂，去掉了坑害百姓的毒瘤，你做得好！我代表青救会谢谢你，正是你不怕牺牲的精神，才换来我们的成功！”汪益之主任说。

“我要见娘，我要给她老人家磕头，告诉她真相，恢复母子关系。她一定会表扬我的，因为我没有背叛组织，没有投敌，我仍是她心中的好儿子！”允泰大喊说。

“允泰，我要告诉你，大娘她——大年三十的晚上，大娘拜过祠堂，请族人立下声讨你的遗嘱，趁人不备，在屋里自缢了。请你不要难过。”

“娘，是我害了你啊！”他伏地痛哭。整个世界昏暗起来，绝望的呐喊如针扎一般，侵袭他的灵魂。周围是地狱般的冷酷，阴云从四面压迫着他，他的胸口像被什么东西堵住，晕倒在地。

沈允泰抬起头，看着母亲的坟茔，心中充满愧疚。坟茔的旁边，几株蜡梅枝丫茂盛，枝丫间的花儿已调落，大拇指般的果儿正蓄势待发。“娘，你教我做人，常给我讲苏武和文天祥的故事，还让我学关羽的忠义，我都记下了。娘，革命已经成功，人间遍种自由的花儿，您的心愿已经实现了！可对您的欺骗和伤害，却是我心中的痛！娘，您的自尊和高贵，是儿心灵的良药。我会继续干革命，为民众服务，让我的灵魂更加纯净。”

小草和儿子牛牛娘儿俩扶起沈允泰，递过手帕，帮允泰擦去眼泪。近旁的棉柳，相簇相牵，亲情浓浓。远处的一排松柏，已有大海碗粗，将一种深沉的翠色点燃在全身各处。

“娘，我上个月办了退休，从村支书的位子上退下来，准备好好搞家庭副业，做个万元户。联产承包后，我承包了鱼塘，小蛾喂猪、喂鹅。菜园子里应有尽有，能吃上鸡鱼肉蛋了。”沈允泰说。他把一根柳枝插在坟前，再次跪下给娘叩头。

"娘，您生前一直为我担惊受怕，又为我含冤而死，您的仁爱和贞烈，像火一样淬着我的日子。"允泰和东方再次跪下祭拜。

沈允泰一家祭扫完毕，退到堤下的路头，正遇上前来清明祭拜的村民。允泰让王小蛾带着家人先回去，自己又随着村民往沭河边走，戚沂河和戚运河兄弟的墓都在沭河滩上，相距不远。沈允泰来到沂河墓旁，跪下来祈祷说："沂河兄，小弟允泰给你磕头，我们一起参加青救会闹革命，现在解放了，兄长可以含笑九泉了。你的儿子戚小光，现在是生产队队长，表现优秀，另外两个孩子也都受到党的培养，将来可以大有作为。"戚沭河的墓在右方的一排栗子树旁，允泰给沭河烧过纸，想到日本人当年把戚沭河杀死在不远处的河里，心中无比悲愤。戚沭河不是联庄会的成员，日本人见他一个人在河堤上挖地，就把他杀死。"侵略者真是太可怕了！"沈允泰想着，把一根树枝插在沭河的墓前，依依不舍地离开河堤。

往回走，路上遇到老烟枪老曹叔，允泰忙掏出一支烟。老曹接过烟，横在鼻子下方，从左嗅到右，从右嗅到左，皱纹簇成一朵花："好烟，好烟，我听说只有徐州城里才能买到嘞！""那是，现在是社会主义，日新月异，人人共享啊。快抽吧，老曹叔。"沈允泰到兜里找火柴。"哟，你看这火柴装儿子东方身上了。""来，书记，还是用火石吧，虽土了些，但不缺。"老曹叔将火纸夹在拇指和食指中间，另一只手拿一块长条形的火石，头低下挡风，将火石往纸上猛地一擦，火星闪开了，但没点上。两个人又往前一凑，形成一个兜圈，火纸再放低，几乎贴近胸口。只见他一抿嘴，猛地一伸，再擦，烟卷儿点着了！老曹叔和沈允泰各抽上一口，顿觉一股香气弥漫开来，两人赶紧跷起脚，将鼻孔仰起，想把烟香气吸回来。嗅来嗅去，直到再也嗅不到，两个人这才会心地笑了。

“牡丹香烟，好好！”老曹叔眼里带着笑。

沈允泰和老曹叔往回走，一路上聊着过去的事儿，不由得感慨当今生活的幸福。“我算是长见识喽，连云港、徐州和南京，老百姓不用弯腰栽稻喽，有不吃草的收割机，还有能说人话的录音机，还有不用走路的自行车。”老曹叔侃侃而谈，但又有些困惑，他甚至以为这是神话传说。

“书记，听说露天电影以后天天可以看上啦，真是太神啦！”老曹叔说。“有呀，新安镇城里都有了。”沈允泰说，“还有电视机呢，能从不大的铁屏幕上看到一群人。”

老曹叔的眼睁得特别大：“一群人站在桌面大点儿的地方，是人是鬼？”老曹叔非常困惑，“要是人，他们一定是小人，你让他们跑出来试试。要是鬼，得用火烧，把那什么电视机燃掉，灭鬼！”

“都不是，是电视机，用电的，不能烧。”沈允泰忙解释。

田野里禾苗的清香，伴着清明节柔和的风，一阵阵拂过来。鸟儿成群地飞鸣，花儿阵阵轻唱。远处的炊烟袅袅上升，和着村庄大人孩子的欢笑声，给人一种甜蜜快乐的感觉。近旁清水里的鱼儿欢快地游动、跳跃，岸上的杏花开得坦荡绚烂。

未来的生活在烈士和亲人的信仰里，开出一个繁花似锦的世界。

四　黄巢湖工地

黄巢湖夹在两山之间，左有陡峭的山峦，右有起伏舒缓的山冈，清澈的湖水，滋润出一片青翠。天上洁白的云彩，常留恋她的容颜，将云彩、天光投射其间，更显出水的深绿。黄巢湖在五华顶山北，本名黄巢关，曾是唐朝起义军将领黄巢击败唐军的关隘。和五华顶山南的斗关一样，水时常干涸，拴不住水根。县委决定对两个关隘同时筑坝蓄水，造福山地百姓。

已是初冬，瘦水连着枯草，寒气掠过，尽显衰败之气。然而，五里路长的蓄水坝上，却是人挑车推、哨声连天的繁忙景象。筑坝组一字排开，密而不乱，运土组则如军队行军一般，一线连绵，整齐划一。木独轮车轻巧灵便，推车者如梁山好汉，独当一面，飞奔如马。板车、牛车则要三四位工人合作，跑起来亦是气贯如虹。更喜的是布兜、扁担队，还有竹篮运土队，喊着号子，一条直线而来，左颤右颤如扭秧歌。宣传组组员手持竹板，唱着他们自己创作的竹板歌和顺口溜，常常是催得劳动者信心百倍。远处的高音喇叭，一遍遍唱着《学习雷锋好榜样》《泉水叮咚》，将战天斗地的气势推向高潮。

沈东方所在的土方组，土方任务位于筑坝的中间。队长戚小光和沈东方是土城战斗队的标兵，带着大家运土筑坝，各项指标均名列一二。乡人武部长戚运河也常常参战，王小蛾侄子王建通也打得一手好算盘，他负责土方和测量，公平公正，不徇私情。土城战斗队最强的竞争对手是花厅五华顶战斗队，两队不相上下，比分交替上升。山坡上，土方处标有上甘岭土方、黄土岭土方、塔山土方等，两队争挖土方，比分难决高下。

夕阳迈过头顶，工地上的运土筑坝战斗却愈战愈勇。宣传组拿着喇叭，喊出土城战斗队的口号：“心灵美、语言美、行为美、环境美。”五华顶战斗队不甘示弱，喊出口号：“老老实实做人，轰轰烈烈运土。”队员们你追我赶，都在为自己的集体出力流汗，倍感光荣。哨子声和号子声此起彼伏。汉子们和巾帼们以喊促干，以喊增力气，最后汇成响亮的口号——“楼上楼下，电灯电话。耕地不用牛，点灯不用油”。一筐筐土，一车车的汗水，垫起在坝的顶部，和五华顶的山峰遥相呼应。

太阳缓缓沉入山的那一边，只将一抹余晖脉脉含在晚霞之中。收工后，社员们陆续撤离大坝，一部分住在旁边的工棚里，一部分结队回家。

待大家走后，沈东方拿起铁锨，将松软的地方砸平夯实，这才扛着扁担和布兜离开大坝。当他经过一个工棚时，突然听到有人唤小鹅的声音，往里一看，只见一个十八九岁的姑娘正抱着一只小鹅，虽然看不清楚，但自觉非常冒昧，就转头走了。

这位姑娘清楚看到沈东方的脸颊上闪过一层羞涩，知道他是个文静的青年。他五官端正，眉清目秀，额头略微凸起，他的眼睛略带稚气，鼻梁外圆内墩，显得憨厚朴实。

她见他最后一个离开坝顶，十分羡慕。要不是队长催促，她也想此时坐在工棚里。她赶紧钻出工棚，想找个布兜再干一会儿，已经看不到他的身影。

当第一缕阳光洒到工棚和坝顶时，沈东方已扛着布兜赶过来。沈东方今晨特意换了外套，内衣换成白衬褂，更显得精神。他还未走到昨晚看到姑娘的工棚，突然一阵甜美清脆的声音传过来，原来有个姑娘正在唱《泉水叮咚》的歌曲。他循着声音看去，果然看到一位姑娘，她一边唱歌一边为工棚的工友做饭，她的身边，两只鹅正叫着。好像有磁场一般，沈东方被这场面震撼住了。阳光点点洒在工棚和堤坝间，也洒在这位姑娘的身上。工棚外，袅袅上升的炊烟，把这位姑娘和身边的小鹅映衬得格外优美动人。她穿着黑色棉袄，脖子上系一条淡黄色的围巾，浑身上下满是青春的气息。她五官端正，皮肤白皙，下巴圆润匀称，眼睛亮而美丽，睫毛长而密。她的鼻梁高挑，好像是一个独立的灵动的生命，蹲在两颊之间，又像从月亮里跑出来的玉兔，文静地望着面前的山谷。她双眼微闭时，眼线略略翻成月牙形，像两只小小的摇篮。

这位姑娘回头一看，见是沈东方，也会意地笑了："你是昨晚最后一个离开坝顶的，一定是你们战斗队的标兵，请问你叫什么名字？"她抿着嘴，感到有些不大自然。

"我叫沈东方，是土城战斗队的。"沈东方说。这位姑娘眼前一亮，羡慕极了："原来你就是沈东方呀，你可是我们战斗队的追赶目标。我叫李红，五华顶战斗队的。"李红像是见到志同道合的人，对这位竞争对手报以灿烂的微笑。

"你唱的歌真好听，你懂乐谱呀？"沈东方看着李红辫梢上的红头绳，想起她唱《泉水叮咚》的事。他从口袋里掏出一个音乐本，"你看，我这里还有许多歌词呢。"

李红拿过来，只见本子上密密麻麻地记着乐谱和歌词，字迹工整，字体清秀，"这是你写的？"李红惊讶地说。

"是呀！"沈东方轻快地说。

"真羡慕你，我上过两年学。"李红低下头，双手搓着辫梢，"我要好好学习识字，才能更好地学雷锋，为人民服务！"

沈东方怔怔地站着，目光和脸色都变得极不自然。李红的每一句话，每一个动作，对他而言都是极美的，极入心的，他感到自己的心门打开来，有柔美的曲子在化解他内心的荒芜和孤独。

上工的号子响起来，沈东方和李红挥手告别。"他真是一位有知识、有文化的青年，更是一位踏实可靠的青年！”李红望着沈东方的背影，感到他是这样可亲可敬，是人群中她要寻找的方向和目标。

太阳像金梭，月亮像银梭，不停地穿梭，构成一个又一个壮丽的日子。这天下午，收工的号子提前吹响，工人们排成整齐的队伍，站在表彰会场的周围。各战斗队的队员们屏住呼吸，盯着表彰会场上的奖品。一阵鞭炮响起，集体奖分别被四支战队获得，会场响起热烈的掌声。

主持人跑到台子中央，大声宣布最后一个也是最重要的奖项——个人积分标兵奖，他说：“此次积分有两位选手，分别是土城战斗队的沈东方和五华顶战斗队的李红。”话音刚落，口哨声和欢呼声就爆响开来，无数的手臂向天空举起，骄傲地挥动。

沈东方和李红站在领奖台的中央，彼此却不敢看对方，两人的脸红到了耳根。他俩臂戴红袖章，胸前佩戴大红花，接受众人的祝福。主持人把奖品拿过来，让他俩各自端着奖品——一个崭新的搪瓷盆和两块肥皂。搪瓷盆外侧印有牡丹花图案，盆内侧烙上天安门城楼和一面五星红旗，鲜艳夺目，十分耀眼。沈东方望一眼李红的搪瓷盆，忽然发现在盆的底部五星红旗图案的位置，有一块芝麻粒大小的黑点。他又看一下自己手里搪瓷盆相应的位置却是一片鲜红。

“我和你交换一下搪瓷盆吧。”沈东方对李红说。“为什么呢？”李红看出他的善意，但不明白问题出在哪里。

“你看那儿！”沈东方说，“有个黑点，影响美观。”李红一看，还真有个黑点儿。“没事儿的，给你也不好。”李红说。她伸出指头，对着黑点轻轻一擦，瞬间又鲜红一片，崭新如初。原来是小泥点粘上去，变硬了。他俩会心地笑了，重新端好盆，向着人群点头微笑。

台下不少人发现他俩交谈、对视微笑的场面，又开始哄闹起来：“结婚现场呀，来一个！”“手拉手，一起走！”“东方红就是红，叫李红加入东方红！”会场又是一阵大笑。李红羞得把搪瓷盆竖起，遮住脸，仿佛是戴上鲜艳的搪瓷盆面具。而她的心，却跳得更厉害，连她的脚步也沾上了羞涩之喜。

工地上，《泉水叮咚》歌曲一遍又一遍地播放，将工人们战天斗地的豪情渲染开来，给那些青春的笑脸增添了自信与神秘的力量，也把沈东方和李红的心紧紧地连在一起。

每当收工、歇息的当口，李红就会无巧不巧地遇到沈东方，有时聊几句，有时一起走走，彼此心照不宣。一个雨天，李红把借的书还给沈东方，顺便送给他一双崭新的布鞋。沈东方见李红飞红了脸，心突突地狂跳起来，他把早已准备好的礼物送到李红的手上。李红一看是一块红色的纱巾，急忙地说：“东方哥，我特别喜欢你送的礼物，它比我的生命还重要。”他俩走出工棚，来到湖边，望着眼前那纯净碧澈、一尘不染的湖水。

“李红同志，我想咱俩做朋友。我已经是一名预备党员，我一定对你好。”沈东方面对青山和湖水，拉起李红的手说。

近旁，一株海棠树正默默地站在那里，它的枝丫间挤满火红的小灯笼，从里到外，在蓝天的映衬下更加丹红。李红望着这株冬日的海棠，默默地祈愿：“我愿广种海棠树，愿向东方哥学习农业技术！海棠呀，愿我的爱情，能在两人的心里结出海棠果。”

爱情的力量真的很巨大，它激发出双方的能量，融合双方的人性之美，甚至让双方都不再平庸，它以小鹿在湖边亲昵和蝴蝶翩飞的姿态使生活更富有激情，更加轻盈。沈东方和李红在工地上互相鼓励，两人一直都是伙伴们羡慕的对象，在集体中又成为一道风景。上工、收工的间歇里，他俩相互学习，唱红歌，学农业技术，做考试笔记，生活充满无限的乐趣和波澜壮阔的激情。

“我要参加县里的招工考试。”沈东方鼓起劲，对李红说。

“我支持你，向你学习，你看我记的笔记，快到小学文化程度啦！我以后呢，想做一名医生，为乡亲们服务。”李红说。

一阵冬风，一阵冬雪，湖与山川显得更加轻灵与美丽。寂静的山村，时而有灵动的鸟儿，给大自然增添哲理和神秘。黄巢湖大坝在爱的序曲里，正按照他俩的想象力，变得高大而美丽。“红妹，咱俩的婚事我爸我妈都满意。”沈东方拉着李红的手，仿佛要把这块美玉好好地呵护起来。“我妈也会同意的。”李红伸手采过一朵蜡梅，送到东方的手里。好香啊，一股清香陶醉了他俩的眼眸。

一场大雪过后，腊月便有了一分内涵，有了一分喜气，有了一份“千门万户曈曈日，总把新桃换旧符”的欢快。沈东方从城里回来，怀揣着县农机厂的录用通知书，甭提多高兴啦！他飞奔着来到李红的工地，他想说：“李红，我被农机厂录用啦，过完年三月我就去上班了。到时候，咱俩一起去，咱俩一起去领结婚证。”工地上忙碌还是那般忙碌，可唯独少了一个美丽的身影。人呢？沈东方跑来跑去，可他连李红的影子也没看到。“傻小子，李红早看到你来了，可她突然哭出声来，捂着脸往那边大龙沟去了，你快去看看。”一个大嫂扯住他的衣襟。

“怎么搞的，你要对李红好，可别欺负人家。”一个老大哥对沈东方喊。

沈东方一时不知发生了什么事，只好赶紧往大龙沟赶。

他攀上一段石崖，进了大龙沟。平日里那些野猴、老鹰、松鼠都隐去踪迹，只剩下纯美的冰雪世界。小径变窄，两边长满青藤和荆棘，需要弯腰或侧身才能通过。他轻轻地喊着李红的名字，一直走到一棵古栗子树下。也就在这时，他看到靠在树旁的李红。

她还是她，细挑的身材，匀称的身姿，洋溢着健康质朴的美。她长着一张和善的面容，温顺得像一头在山坡嫩草间游走的小白羊，乌黑的秀发将她脸蛋上的羞涩轻轻掩住，只留下一双明亮的眼眸。

“我们还是分开吧，你家是万元户，我家却很穷，配不上你。”李红冷静地说。

“李红，只要你的心不变，贫穷不是问题。咱们一起努力，两年后也能成为万元户。”沈东方说，他从口袋里拿出一把梳子和一个漂亮的蝴蝶发卡，“我的心没变，这是给你的。”

李红把梳子和发卡紧紧贴在胸口，惊喜地望着东方：“你要是后悔，还来得及。”

沈东方掏出一张白纸展开，让李红放在手掌上，他把食指伸到嘴边，猛地一低头，鲜红的血滴便涌在指头之上，如一簇红红的花儿。他毫不迟疑地、坚决地写下“我爱李红”四个字。李红被镇住了，忙捧过他带血的手指，心疼地用嘴吮着，连连地说：“我信你，别再写了，好心疼。”阳光暖暖地照在青藤上，一株株青松傲然屹立，它们的根扎在贫瘠的泥土间，却以夸父的姿势向太阳奔跑着。山体起伏绵延，伸向远方，各种树木丰盛。目光所及之处，树木如舒缓的生命之歌，在石头转动下放声歌唱。

五　葡萄承包田

到了一九八二年的春天，也就是沈允泰退休的第三年，他个人承包的葡萄田引起了乡里的重视。这之前，这里以种植小麦和水稻为主，葡萄的试验田则是沈允泰书记引进的示范园。经过一年的努力，葡萄园却没有任何收获，还遇到了肥料和防治管理上的难题。

这块葡萄承包田共五十亩，在路的东侧，与大豆地和棉花地紧临。路的另一侧仍是一片水稻田，一直延伸到沭河堤。此时已是阳春三月，葡萄试验田内一片生机盎然，葡萄藤伸着它们的龙须，向着麻绳拴成的架上攀爬。每一片初生的叶子，张扬着生命的帆，对着太阳高昂着头颅，仿佛奏响一支春天的交响曲。

沈允泰和戚小光带着五六名村民，一排排地检查葡萄架，观察葡萄的长势，不时给葡萄枝周围浇水、松土和施肥。王小蛾和沂河嫂等几个村妇，在葡萄架之间补种绿豆和芫荽，忙得不亦乐乎。

太阳跳到半空，时间已近晌午。沈允泰直起腰，招呼大家到路上歇息。路的另一侧，老曹叔正和一帮人在耧地种大豆，他摇着耧耙，正吃力地推着三脚耧车往前走，前面牵引的村民也不时地在脸上抹汗。他的身后，是新翻的泥土和成行的垄沟。沈允泰和王小蛾赶紧跑过去，让老曹叔吃袋烟，他俩帮着耧地。

这时，远处走来一群扛锄拿锨的村民，他们吵吵嚷嚷地要找队长戚小光。沈树人走在前面，正好和戚小光相遇。

“戚队长，这葡萄园算是失败了，这是我们大家的地，不能由他一个人折腾，我们要求毁掉葡萄改种大豆。”

沈树人一边喊，一边给后面七八位村民使眼色。“对，葡萄这玩意儿，根本不适合长在我们这里。”有人附和着说。

“那不行！”戚小光拦住他说，“葡萄承包田是县里的决定，这只能由承包人说了算。”

沈允泰和老曹叔走过来，将沈树人等村民招呼到一起，热情地和大家讲解政策：“我和戚队长可以向大家保证，今年葡萄一定大丰收，我们可以一次性连本加利，算上去年的损失，全部收上来。参与管理的村民，我都记在本子上，工钱算双倍。”沈允泰望着大伙，热情满怀地谈着他的规划。

“既然是实验田，去年为什么不聘用技术人员？我家亲戚是技术人员，却不去请。”沈树人硬着头皮和沈书记杠上了。

老曹叔气得将旱烟袋往地上一磕，猛地跳起来，将长长的烟袋往沈树人面前一横：“你家亲戚是技术人员，你知道他要多少钱，五十亩地要了两千五百元钱。沈书记是承包人，当然要算成本，这有错吗？”

“沈书记自学剪枝、防虫、施肥技术，到徐州自费学习，查阅各种资料。”戚小光队长说，“你看，葡萄长势这么好，这就是最好的明证。”他指着葡萄园，同意大家进去看。

沈树人见大家都走到老曹叔身边，不停地点头，也意识到自己的错误：“我知道，承包是国家的政策，我保证不再来胡搅蛮缠。”

“小子，这就对了。”老曹叔让沈树人放下锄头，到葡萄园里帮着点绿豆，松土壤。沈允泰拍着侄子的肩膀说：“树人，你的话也提醒了我，只有给大家带来实实在在的好处，才能对得起乡亲的诚意。以后呀，你就常来看看，保证咱葡萄园成为全公社甚至全县的示范园。”说完，允泰拉着沈树人的手，招呼大家到葡萄园里，一起学习葡萄的种植技术。

“树人呀，我当初和你一样，也想不通，政策变化这么大，一时都拗不过来，还是允泰和小蛾读书多，又有个阅览室，才把咱从顽固里带出来。等允泰富起来，你放心，咱们都能沾上光。”老曹叔眯着眼，猛地吸上一口，一脸的得意劲儿。

“大家伙都来查查，看仔细喽，有卷叶的、枯黄的、斑点的，都有专门的对付办法。”沈允泰掏出一个本子说，“我也达到技术员的标准了，好多知识点我都能背上来。”

沈树人弯下腰，仔仔细细地查看叶子，不时地松土、锄草，他不再说什么，而是对沈书记佩服起来：“看来，我还是有点自私，只想着自己的点点私利，我要好好学习，向二叔看齐。”

“沈书记，再过二十多天，就要防备绿盲蝽这种害虫。记得去年，葡萄叶有针头般的小坏点，后来变成小洞，没几天叶子由绿变成红褐色，就是这种害虫作怪。”戚小光队长提醒说。

沈允泰拉过老曹叔，一起讨论葡萄的管理技术。老曹叔有经验，去年的害虫还是他首先发现的。戚小光提议每天安排两个人，盖棚子住在园子边，随时观察。老曹叔举手说：“让我来吧，小光和王建通做管理员和技术员。”沈允泰拉过戚小光和老曹叔的手，感谢这两人对他的支持。

“这是锦囊妙计呀，到时给老曹叔记一大功。”沈书记和戚小光说。

“允泰，我猜今年绿盲蝽恐怕是来不了喽！”老曹头大悟似的说。

“为啥？”戚小光对他的玩笑不明就里。

“别忘了，去年冬天允泰和小蛾铲除杂草，刮掉翘皮，把这些绿盲蝽的卵全给冻死啦！”

沈允泰笑了：“做是做了，这检验还要看实际效果。”他说着，用剪刀剪掉一株葡萄架下方的一根害枝，小心地放在地上。允泰又拿过铁锹，挖了一个深坑，将这害枝埋在地下。他反复踩了几遍，好像怕害虫会自己飞上来一样。

葡萄藤蔓时而翘首等待阳光，时而弯腰爬行，不多日就遮满了整个葡萄架。叶片如伞，如掌，在阳光里唱着绿色的赞歌。沈允泰和戚小光穿行在葡萄架之间，小心翼翼地修理枝条，观察叶片的变化。沈允泰扶着葡萄藤说："这些乖宝宝，正在长身体，到哪儿能赊到磷钾肥呢？""我去看了，他们坚决不给赊，要出现钱购买。"戚小光望着沈书记，急得直搓手。

"我这就去，说不准就有机会。"沈允泰说。

沈允泰卷起裤管，深一脚浅一脚向公社奔去。走到农技站门口，正好遇到老战友田玉山。原来，田玉山从县城调到王庄公社才几天，正好负责农技站。"哇，你可是我们百姓的及时雨，快，我来打个保证，你就放我们一条生路吧。"沈允泰握着田站长的手，高兴得合不拢嘴。

"你再找个担保人吧，我贷给你一千斤磷钾肥。"田站长说。

"好，我找人武部戚运河去。"沈允泰转身往公社跑去。

功夫不负有心人，葡萄结子赛珍珠。夏日的阳光里，巨峰葡萄一串串、一兜兜，如倒立的塔，如凝固的珠宝。它们像娃娃一样挨挨挤挤，纯洁可爱，它们紫中透黑，黑中透亮，放出淡雅的光芒。

"二叔真是预言家，真的丰收啦！"沈树人不禁连声赞叹。

"明年还有更大的丰收呢，感谢党的富民好政策，我们正走上康庄大道！”老曹叔逢人便说，笑得合不拢嘴。

沈允泰和王小蛾拿着剪刀，站在葡萄架下，只听咔嚓一声，葡萄一沉，老曹叔双手竟没有捧住，跌坐在地上。“哈，好沉呀！好葡萄，好葡萄，我希望多跌倒几次哩！”老曹叔摘一颗放进嘴里，舌尖触到葡萄柔软的细腻的果肉，汁水流入喉间，一直甜到心底。

老人和孩子们拖条席子，或拎条凳子，钻进葡萄架下，纳凉休闲，吮着葡萄汁，比神仙还舒服呢。

六　露天电影

沈东方和李红订婚当天，两人去徐州买订婚彩礼。回到土城庄时，屋里屋外，树旁路口，都挤满了欢迎的人。沈家媳妇上门，可是全庄上的头等大事，就像村外飞来一位仙女一般。鞭炮串串炸响，沈东方和李红手牵着手，亲昵的举动惊艳了整个生产队。李红高挑的身材，崭新的衣服，还有系在脖子上的大红丝巾，都让乡亲们大开眼界。大家都在打听他们这次到城里买了什么礼物，当得知李红还为未来的公公婆婆做了衣服——一块布料，一身的确良上衣，大家更是交口称赞："好闺女，孝顺懂事！"李红回去时，老人孩子又都追到黑马河边，恋恋不舍地和李红告别。

一九八三年公历六月十八日，是他俩的婚期。这个日子，正是沈允泰和王小蛾结婚四十四周年纪念日，沈东方和李红将这个日子告诉父母亲时，允泰和小蛾倒显得有点意外，随后也就很高兴地接受了。大孙子沈士天十七岁，已经在县中上高二，和大儿媳妇薛花一般高了。而临近婚期两周的时候，大儿子沈东明一家三口从镇上赶过来帮忙，让小蛾身上的担子轻了不少。不少乡邻也都过来贺喜，家里家外天天像过节一般。

芒种过后，阳光在田野里肆意张扬着生命的色彩。棉花长势喜人，叶片间白色的花儿慢慢变为粉红，变为深红，像有云彩停歇在棉蕾上。葡萄更是攒着劲儿，叶儿浓密，远望如一张大凉棚，硕大的葡萄，挨挨挤挤地从叶蔓间坠落，齐刷刷地悬在那里，像是想落地生根的人参果。不少葡萄已经成熟，饱蘸着汁儿，有的虽然有些青涩，但已是蓄势待发。沈东方和李红穿过棉花地，来到葡萄试验田，两人手拉手钻进葡萄架，顿觉湿润凉爽，“真是个绿色水帘洞呀！”李红弯腰躲过悬在那里的葡萄挂坠，好奇地看看这儿，看看那儿。阳光透过葡萄叶，地面上像是泊着无数的金块，又像是变幻的瑰丽的青春之歌。

“农历七月七日夜里，咱俩一定来呀，听牛郎织女谈话。”李红蹲下来，指着一处茂密的藤蔓说。

“嘘，你听，牛郎织女正在谈话。”叶子间，土壤处，簌簌的声音，叽叽的叫声，伴着风声，像是葡萄架钢琴曲，清新，天籁，明丽。“织女说，李红真漂亮，我都嫉妒她。”沈东方小声对李红说。他俩边走边听，虫声忽密忽疏，像是和他俩演双簧似的。

“结婚那天，我俩来采头茬葡萄，给来宾们品尝。”李红笑着说。

结婚前一天晚上，沈允泰和王小蛾送走客人，备好了结婚用具，已是晚上十点多钟。王小蛾让沈东方早早睡下，自己也掇条凳子，到院子里月亮下歇会儿。

“小蛾，你这齐耳短发，还似结婚时那般清秀。我们自由结婚那会儿，好像就在昨天哪！”沈允泰坐在旁边的藤椅上，望着天上的月亮说。

“可不是，我俩那真是响当当的五四青年，你看哪，到现在，还有些人家包办婚姻，成什么话！”王小蛾说，“还是新社会好，没有枪声，不用害怕，要什么有什么，走的是康庄大道！”

“咱俩结婚，只花一块钱，难哪！”沈允泰略含歉意地说。

“我已原谅你啦。只是，咱俩的结婚证，什么时候补一下，我喜欢结婚证上的大红色，喜庆呢。”王小蛾看着眼前的各种红色婚礼用品，满意地笑了。

五华顶上，万木簇发，山阴道上，鸟儿放声歌唱。不管从东寨门还是西寨门入山，每隔几十米，都放上一堆甜甜的葡萄。“乡亲们，今天是大喜的日子。沈允泰的葡萄，免费品尝。”“粒大汁多的葡萄，好吃的葡萄，咱们自己人种的葡萄！”人们品尝葡萄，一路走上五华顶。这不，山道上走来几位尊贵的客人，为首的正是副县长汪益之同志。沈允泰迎上去，和汪益之紧紧地握手，感谢他在百忙之中参加儿子沈东方和儿媳李红的婚礼。

“父子两代党员，岁月峥嵘。我们这些革命的同志，当年是那样意气风发，现在改革开放了，可以自由地呼吸，自由地创造属于我们的生活。”汪益之副县长望着周围的山景，无限感慨地说。

“汪县长，我们承包田生产的葡萄，请你品尝。”沈允泰捧过一串葡萄说，“去年亩产达三千多斤，今年呀，五千斤没问题。”“哈哈，我们国家放大卫星，你家放小卫星呀！”汪益之赞扬沈允泰夫妇说。

亲友们簇拥着新郎沈东方和新娘李红来到婚礼现场，鞭炮声中，彩带和彩条在半空中飞舞，五华顶成了甜蜜的海洋。证婚人读过证词之后，沈东方和李红将红色结婚证高高举起。新娘李红穿着红色呢子短打，脚穿红皮鞋，胸前系红丝巾。新郎沈东方穿着整洁的西装，手腕上戴着一块手表，显得十分新潮。

在《泉水叮咚》的乐曲中，新郎和新娘来到海棠花前，和亲友们一起合影留念。这时，戚小光兴冲冲地跑到台上，示意大家安静。“告诉大家一个好消息，我们土城村全体社员，为庆贺沈东方和李红的婚礼，今晚在五华顶放露天电影。”戚小光手臂一挥，“我先透露一下呀，有《闪闪的红星》《上甘岭》，敬请大家观看。”

“太好啦！有电影看喽！”会场上爆发出热烈的掌声。

七　土城阅览室

暖风阵阵从沭河上吹来，花草肆意放开，在土城庄周围，红红紫紫地点亮春意。

喜鹊衔来冬天的枯枝筑着巢儿，燕子呢喃，飞过水边鸭群，掠向屋檐和树梢，柳芽儿苞胀得发痒，冒出绿头，在枝头荡漾。沈允泰和王小蛾打开阅览室，简单收拾后，就去为大家准备茶水。

阅览室有两间平房，位于村东头大路西侧，与村部相邻。平日里常有人进出，查查农业科技之类的资料，或了解时政新闻，或休闲聚谈。阅览室还备有写作业的板凳课桌之类，庄上的学生，小学或初中生，放学后便在室内写作业，十分方便。沈允泰和王小蛾现已退休十多年，办阅览室也已近十年，他俩显然成了村里头的吸铁石，引导大家学习技术和文化。

沈允泰来到门口将墙上的小黑板取下，郑重写下“邓小平南方谈话”一排字后，又重新将黑板挂在墙上。刚挂几分钟，侄子沈树人骑着凤凰牌自行车路过，忙说：“二叔，邓小平南方谈话，讲了啥，您老给俺讲讲。”他下了车，从夹克衫里掏出大前门过滤嘴烟，递给沈允泰。

沈允泰见是侄子沈树人问，想起沈树人的大儿子沈克山就在深圳，笑着说：“邓小平的南方谈话，就是参观深圳后的讲话。下次呀，克山回来，好好问清楚。”黑板前又聚了四五个人，大家心里清楚：只要写在黑板上的，一定是大事情。这计划经济还搞不搞？改革该怎么改？大家议论纷纷。

沈允泰虽然已经七十一岁，仍是红光满面，眉宇间一股英气，虽然脸上和眼角有些皱纹，在红脸膛的映照下，显得一点都不衰老，倒有些仙风文儒的气质。王小蛾本就是老师，那种脱俗儒雅一直停留在她的眼眸发丝间，神采奕奕。这些年承包鱼塘和桑园，原来娇嫩的手，在灶台、板车间渐渐形成土色，但突然有一天，国家的喜事和家庭的幸福涌上心头，却又在她的眼神里开出幸福的花。

“大家过来看吧。”王小蛾从阅览室拿出两份报纸，递给沈允泰。沈允泰照例站在板子上，大声说：“好消息，好消息呀！继续改革，走市场经济，必须依靠科技的教育。国家是解放生产力，改革也是解放生产力。说得真好呀！”他的脸涨得更红，说话时因激动，喉结上下滚动，竟有点语无伦次了。

“基本路线要管一百年，动摇不得。敢于试验，不能像小脚女人一样。多搞‘三资’企业，不要怕。”沈树人大声读着报上的文字，好像在读自己的家书，他的儿子沈克山在深圳外资企业工作，他一直有点儿担心，这下好了，他心中的一块石头终于落了地。“好，我大声支持，感谢党的好政策呀！”沈树人的眼里闪着泪花。

大家走进阅览室，各奔自己的座位，阅览室很快安静下来。阅览室里有《农民文摘》《人民日报》《新华日报》《辽宁日报》等几十种报纸，还有承包鱼塘、养蚕种桑的杂志，可以让全庄的人都能找到适合自己的书籍。

“老沈、小蛾老师，我给您二老介绍一下，这两位是《徐州日报》的记者，他们想采访有关办阅览室的事情。”王庄镇于科长说。沈允泰和王小蛾请他们来到阅览室，给他们介绍阅览室的开办情况。两位记者一边参观，一边记录室内的设置。

阅览室正面墙上，一行大字“眼观古今中外，耳需一时清静”非常显眼，字幅的下方是农业科技栏，紧挨着的是教育兴国、国家政策和文学经典栏目。靠右的位置是中小学生作业台，作业台的上方，也有一条横幅，上面写着“教育要面向现代化，面向世界，面向未来”。墙下方是崭新的桌椅。沈允泰和王小蛾告诉记者，阅览室就是一九八三年办的。“当时我承包鱼塘两年，被评为万元户，就想为乡邻做点事。”王小蛾笑着介绍说。

教育是改变命运的一把火，是心灵和技能的生产力，是将“家庭之我”变为“社会之我”的必由之路。“我想，我们不仅要有谷香、果香，还要有书香，这才是真正的小康生活。”沈允泰似有所思地说。他的身边，是枝繁叶茂的村庄，更应该是可以放大的城市。他的眼睛里闪着兴奋和憧憬的光芒。

“在阅览室的熏陶下，你们庄出了六个大学生，请您老介绍一下。”记者问。

“刚办阅览室的时候，他们都还是初中生和小学生，他们每天中午和下午放晚学，都聚在这里写作业，慢慢地阅览室就有了氛围。”王小蛾回忆起十一年前的事儿感到很自豪。

戚小光端过茶水，请两位记者品尝，说：“他二老可是咱庄上的大善人。六个大学生呀，王建通家的三儿子，戚运河家的大儿子，俺家占两个——戚东庭、戚东令，还有沈树人家的大儿子沈克山，沈东明家大儿子沈士天，现在都在大地方。上海、南京、深圳、徐州，个个都是货真价实的大学生。”沈树人见戚小光娓娓道来，想起沈东明、戚运河和戚小光家，大笑着对记者说：“记者同志，你们可得报道一下，咱庄上沈东明家四子一女，‘天下大同福’；戚小光家五子登科，名字最后一个字合起来构成‘革命家庭好’；戚运河两子两女，名字最后一个字合起来是‘新四军强’，家家可兴旺着呢。”

“可不是，再不报道，他们就飞到城里去啦。你看，戚运河家在徐州城里有房，王建通家在宿迁城里有房，沈东明家在新沂城里有房。”陪同来的乡里于科长说。

两位记者采访过后，和大家合影留念。太阳已升到头顶，光线倾泻下来，将庄里庄外照个透亮。记者刚走，庄上一批孩子便涌进阅览室，他们像一群善飞的小鸟，在阅览室或写或查，十分热闹。他们早已把阅览室当成自己的家，在这里自由自在地放飞灵动的幼小的心灵。

王小蛾进屋帮孩子指导去了，沈允泰的心潮却难以平静。南方谈话，三资企业，市场大潮，这是远远高于家庭联产承包的更高层次的决策。古书上常说的千里眼、顺风耳、土行僧的故事，现在降落在每个人身上。“真是一再超出我的想象呀，楼上楼下电灯电话，耕地不用牛，点灯不用油，这样的理想已被远远地甩在后面喽！”沈允泰将西服和皮鞋脱下，换上休闲夹克，端上一壶茶，悠闲地啜上一口，满唇的清香。小孙女沈士福走过来：“爷爷，我想参加《辽宁青年》杂志办的夏令营，好不好？”

“《辽宁青年》是没有围墙的学校，是青年人合法权益的保护者嘛，我支持你。”沈允泰笑得合不拢嘴。

“嗯，我去找一本《辽宁青年》，先给报社寄一封信，要去找地址。”沈士福眼睛一亮，仿佛看到遥远的城市和浩渺的大海。

八　海棠牌

和煦的春风如宽厚的手掌，一遍一遍抚慰灵动的生命，迎春花一绽，桃树、梨树和海棠等便被吵醒了，花仙们等不及枝叶的陪衬，便闹哄哄地着粉添艳，在角角落落里开出自己的一片世界。

李红从楼上下来，她天天都要经过院子里的海棠园，而海棠的叶子挤在那儿，并没有引起她的注意。她天天忙着加工厂的事，还要照顾上五年级的女儿，节奏也是挺快的。这天下午，她站在窗口，惊喜地发现海棠已羞答答地开在那里，心里一阵激动。她忙喊从县城工厂刚回来不久的沈东方，一起到海棠旁察看。

在他俩目光的注视下，一场海棠们的演出也格外高端。

她们旋于顶端，如脂如霞，饱满而光彩照人。“垂丝别得一风光”，朵朵花儿弯曲下垂。

在微风里轻轻摇曳，白里透红，清香袭人，仿佛悄悄地展示内在的美，沾满绵绵的相思。

李红碰了碰沈东方的手，让他仔细看看海棠的花儿，问他像什么。“像年轻女子娇羞的面容，像结婚时的你。”沈东方忽然来了灵感。

垂丝海棠笑得多甜啊！她们白的如雪，粉的如霞，两种颜色搭配相宜，在绿叶的怀抱中，娇艳欲滴。

“我倒不是让你欣赏我。”李红脸颊发亮，“我是说，咱们加工厂的葡萄干和葡萄饮料，不是也一样受人欢迎，一样甜嘛！”

沈东方心里一动，拉起李红的手说：“又聪明了不是？咱也让葡萄干和葡萄酒有个品牌，堂堂正正地走出农村，就给它起个名字，海棠牌葡萄干，海棠牌葡萄饮料，怎么样？你也是这样想的吧。”

“对呀，咱们在质量上也要高端，不添加任何防腐剂什么的，原汁原味，像咱们家的海棠。”李红拿来相机，交到沈东方的手里。

沈东方和李红的小楼临近十字路口，又靠近农贸市场，人流量很大，他们家的加工厂隔着两条街，不过二三里路。近几年街道发展也很快，原来的半条街发展成一条街，就在一条街的基础上发展成“井”字形街道，形成一定的规模。李红设了三处销售点，也常常是供不应求，不少人挤在加工厂门口，一等就是两三个小时。

海棠牌葡萄干和海棠牌葡萄饮料，就像它的名字一样，在街坊邻居中，在十里八乡甚至更远的乡街上，贵族般的炫目耀眼。车轮转得更快了，日子红火了，亲情的圈子也扩大了。李红让娘家的哥哥在葡萄种植的基础上，也增添了葡萄加工厂。双方的父母，也加入销售和送货的大军，和着日出日落，都喧嚣忙碌起来。

院子里，海棠正开得烂漫。

“走喽，到五华顶观光喽！”李红的女儿芳芳拉着奶奶王小蛾的手，高兴地跳着。

这次家庭聚会，除了沈东明家的沈士天在南京工作没能回来，其余的都到了。沈东方和李红作为东道主，像自己结婚时一样高兴。“我和东方结婚九周年，爸爸和妈妈结婚五十三周年，明年呢，士天和桃李也是这一天结婚。六月十八日，发发发喽！”李红站在海棠花前，不停地将海棠花指给嫂子薛花看。

沈允泰和小蛾坐在椅子上，心中乐开了花。大女儿小草一家三口，大儿子一家来了两口，小儿子一家三口，正好一大桌子。二老正在数着人数的时候，大儿子沈东明已在院前停好车。他走过来搀着二老的手，一起去五华顶。

五华顶上，枝叶生长得茂盛，山道里便溢满清新的空气，和着松子味儿，一层层地醉过来。他们来到一片果园前，杏树、海棠、桃树、李树并肩而立，枝叶纸伞，一片繁茂。大儿子沈东明拿出收音机，轻轻地扭动旋钮，只听砰的一声，里面传出一阵悦耳的声音：“今天，为庆祝爸爸和妈妈，弟弟和弟媳的结婚纪念日，沈东明夫妻献上两首歌，一首是《黄河大合唱》，一首是《泉水叮咚》！”

“太神奇了，在哪儿点的歌呀？”芳芳夺过收音机，抱在怀里问。

“县电视台的，刚开的一个节目。”沈东方抚着女儿的头说。

“我也为爷爷和奶奶点歌。”芳芳双手捧住脸颊，“可是，我怎么进入电视台找那位阿姨呢？”

“你长大了，就去做和那位阿姨一样的主持人吧。”王小蛾拉起芳芳的手，边走边说。

薄暮时分，街道上变得安静，店铺的电灯电棒及五彩的霓虹灯又照亮了一个新的世界。

一楼宴会厅，沈允泰和王小蛾坐在上席，肩头挂上红色的彩带。大家围坐在二老身边，品蛋糕，吃瓜果。沈东方特意把海棠牌葡萄干和海棠饮料放在中间，请大哥沈东明和大嫂薛花品尝。

“大妹子，你和东方都是新时代的青年，日子红火，爱情像海棠一样高贵！哪像我和你哥，一九六四年结的婚，唱着《东方红》，系上红围巾，婚房里呀，就一床红红的被面、一张席子和一个草垫子，这样他就把我娶过来啦！”薛花端起葡萄饮料，一口就喝下去。

“嫂子，你在县城工作生活，让人羡慕，你家士天留在南京，真是比芝麻还香哪！”李红搂着嫂子的脖子，“有件事要征询你的意见呢，我和东方想在城里开一个海棠牌葡萄干和饮料的供应点，你可得帮我物色一个地方呀！”

“行啊，这个包在我身上。”嫂子薛花说。

“嫂子，不瞒你说，自从海棠牌上市，在附近三个乡镇，已经卖出一万包啦！”李红兴奋地说，“一九八七年，我和东方在报纸上看到的致富经验，还真行。”

“东方呀，你别喝了，我问你，娶李红好不好？”嫂子薛花问。

“好，当然好！”沈东方脸上也飞出红意。

“大哥大嫂，我和李红是东方红，这东方一红，就永远红！哈哈！”

沈东明和薛花笑起来，朝向二老：“爸、妈，我们清楚呢，过几年，‘东方红’在县城站稳脚跟，咱们向徐州市区发展。然后呢，在这街镇上建一个葡萄酒厂，不要十年，咱们把酒运到巴黎展览会上去。”

红红的蜡烛，吐出柔软而红艳的烛花，将大圆圈的笑脸映得更加康健，更加旺盛。

九　桃李情

允泰坐着往下挪，身体不稳时，才用肘部支持斜坡。这一段斜坡虽只有一百多米长，却陡峭得厉害，允泰怀里抱着银杏树幼苗，只能用一只手扒着寻找支点。王小蛾离允泰只有两米左右，也是同样的动作，她身子虽轻一些，但她的布鞋勾不住沙石，身子在那里颤颤的，让允泰揪心。他俩挂在斜坡上，在潮湿的沙石间吃力地挪动。阳光从上方洒下来，松林清新的气息发酵成滋润生命的芳香，令人微微陶醉。沈允泰看着下方，不停地为自己打气，而下方不远处，通往三仙洞的路，已在那里若隐若现。

他俩各自抱的这株银杏幼苗，必须栽到该栽的地方去，允泰一激动，脚下一探，身子失去平衡，连人带树滑下来。糟了，情急之中，沈允泰抱紧树，另一只手紧紧扒着沙石，减少滚下来的惯性。他从地上爬起，揉揉眼睛，摁了下腰部，长长吁口气，还好，允泰的身子骨硬朗，没什么事儿。他又忙趴在斜坡上方，伸手顶住小蛾下滑的脚，将小蛾的身子稳住，把银杏的幼苗完好无损地接在地上。

本来三月五日学雷锋那天，允泰和小蛾带着孙子沈士天来植树，儿子沈东方和儿媳李红赶过来帮忙，当时已经植下竹子和银杏。今天是植树节，允泰和小蛾想着再补种几株幼苗，所以没麻烦任何人，自己就来了。

二老来到三仙洞旁的广场，挖树窝提清泉水，忙得不亦乐乎，晨风送晓，金光暖暖，鸟儿的叫声给宁静的山谷带来无限乐趣。王小蛾看着自己和老伴忙活的情景，突然想起黄梅戏《天仙配》里的唱词“你耕田来我织布，我挑水来你浇园”，不禁哼唱出声来，激得远处树林里的金雀唱得更欢。二老栽好树，返回到斜坡旁，允泰拉起小蛾的手，一口气爬到山顶，倒是增长了不少活力。

“老头子，你看那片桃李林，有桃树和李子树，那就是咱大孙子沈士天和孙媳妇恋爱的地方。”王小蛾指着五华顶西北角的一处林子说。小蛾握着允泰的手，说着去年三月里的故事。

“我知道的，听说他俩在一起谈一本什么书，叫捡来的爱。”沈允泰笑着说。

“叫《简·爱》，是英国的名著，两个字中间，还放着一个黑黑的大大的圆点。”王小蛾脸上漾着一层层幸福，“孙子能找到幸福，还得谢谢咱俩的铺垫呢。你忘了吧，那里的桃树和杏树，有好多就是我和你种的呀！”

他俩穿过林荫道，来到泉潮庵遗址前，心中无限感慨。遗址上虽已建起两排两层楼房，但往昔的旧貌仍依稀可辨。

二十年前，西北角仅存的文殊庙，仍可见到坍塌的庙墙和废弃的青砖厚瓦。他俩的心情愈发沉痛，仿佛有蛇在心中噬咬。“小蛾，咱俩除了修路植树，还要再关心下文化，我要去县里呼吁，重建泉潮庵，让历史复活在年青一代的心里。”他俩并肩站立，向着遗址三鞠躬。强劲的风拂过脸颊，却拂不去他俩激动的泪水。

五华顶上的桃李园，枝叶间藏不住果儿的惊喜，而后逐渐变亮，变出花朵般的颜色。到了这个季节，桃儿李儿吵吵闹闹地就迎来了青春，林子里便飘满了成熟的气息。

大孙子沈士天和孙媳妇蔡桃李婚期临近，小院子又开始热闹起来。儿孙们围着二老，叙说着一个又一个喜事，乐得二老眉开眼笑。沈士天特意穿上毕业时穿的硕士服，给爷爷奶奶请安。王小蛾拉着孙媳妇蔡桃李的手，拉她坐到椅子上，连声说：“多好的妹子，真像个仙女！”蔡桃李穿着洁白的连衣裙，戴着眼镜，浑身散发着省城知识女性的光芒。她仙女气质的脸庞上，鼻子成了脸部的分水岭，鼻子通梢很显眼，它有一条隆起的线，一直通到额头。这条线向下则渐渐膨胀，鼻头也随之圆润、俏皮。她的眼睛很有灵气，像是用天河的水擦过，一尘不染。

“奶奶，你看蔡桃李有仙气，我呢，咱们可都是从省城来的，我是不是神仙呀？”沈士天拉着奶奶的手。

小蛾左手拉着士天，右手拉着蔡桃李，夸他俩是“天仙配”。“我小时候呀，就听说神话传说中的仙人，现在可是见到啦！”小蛾将他俩的手放到了一起，“你俩从事教育，我很欣慰，也正符合国家的形势，可你俩要把教育变成什么缪斯，是怎么回事呢？”

蔡桃李帮奶奶理了理鬓边的发丝，笑着说：“缪斯是艺术女神，我俩变不成的。我俩是从事艺术教育，引导孩子们求真求美，将来有一副智慧的大脑，去求知，去创新。”

一九九三年公历六月十八日，也是一个晴和通透的好日子。皇冠、捷达、桑塔纳轿车载着新郎、新娘和众亲友，一溜儿上了五华顶。紧跟着结婚车队的，还有鼓乐队、专业舞龙队、旱船表演队，他们停在结婚现场电子大屏幕的周围，将庄严和欢乐在林荫道上尽情地播撒，五华顶上便闪耀着电时代的绚丽光彩。

沈允泰和王小蛾在儿孙们的簇拥下，站在婚礼的中间位置。在二老面前，是一排的冰箱、彩电、洗衣机、电脑等科技产品，半空中飞舞着礼花和彩带的五彩光芒。“儿媳妇蔡桃李一袭婚纱，高跟皮鞋和胸前别致的桃花与李花饰品，真是太美了！”蔡桃李明亮的眼眸，蓄满了天空的传奇，当她望你时，仿佛关于生命的密码也闪动起来。清爽的睫毛节拍似的眨眼，给眼睛里注入无限的灵动。王小蛾想：不能用仙女来形容，用什么才更恰当呢？用《红楼梦》里的正钗来形容，咱孙媳妇正好落户南京，就叫正钗仙子吧。她想和大儿媳妇薛花交流想法，而薛花满眼的陶醉，说不定还在想桃李园的果子呢。

证婚人是村书记戚小光，他宣布完证婚词后，就请新郎和新娘登场。

新娘蔡桃李头戴洁白的半披婚纱，纱衣从额头向后及至摆裙，天仙一般。他俩来到台上，每人双手举起一本书，展示给广大亲友，一本叫《简·爱》，一本叫《道德情探论》，现场响起热烈的掌声。新郎拿起话筒，向来宾们宣布，婚礼后他俩旅游结婚，要好好学习祖国的教育和文化。

新郎将话筒交给爷爷奶奶，请二老说一说感受。主持人笑着说："请二老说一说，什么是爱情吧。"沈允泰和王小蛾望着满山的松柏和欢呼的人群，心潮如松涛阵阵鸣响。

"爱情是桃，爱情是李，是教育的桃李。"沈允泰说。

"爱情，与国家民族融为一体，才能产生无比的力量。所以，我说，爱情是民族情的花儿。"王小蛾将"民族情"三字加重语气，读得深沉有力。

礼花和彩带再次在人群中飘舞，为二老的感想做了形象化的注脚。大屏幕上有五华顶的美景，也有玄武湖畔的风光，将新郎和新娘的爱情衬托得更加美好。

十　山村的血液

教育，是生产力，是振兴的翅膀。

秋日的院落，溢满收获与成熟的气息。丝瓜结了一夏的果实，留下长长的藤蔓和诗意的梦想。栗子树、柿子树和无花果挤满院落的一角，流淌着生机，生命静谧而富足。菊花聚成团，在沈允泰藤椅的不远处怒放；竹子扎根岁月，愈加挺拔，虫儿们鼓足了劲，将生命一曲接一曲地鸣唱。

王小蛾收拾好衣物和庭院后，特意到书房整理书本。在城里小区生活一个月，昨天才赶回土城老家，她发现书本上落下了薄薄的灰尘，有些书因受潮而褪色。她爱惜地捧出书本，放到窗台上，用手掌轻轻抚过。她见允泰在藤椅上睡着了，脸上还挂着笑，就拿了一件褂子轻轻地盖在他的身上。

沈允泰仍在藤椅上睡着，他古铜色的脸孔此时更加灿烂，他的额头几乎是平放在那里，坦然地沐浴在阳光里。白发压在下面，阳光洒在上面，只剩下灿然的微笑，昭示着岁月静好。

“我要上学，我要上学！”一个稚嫩的声音在耳畔回响着，一个瘦弱的文静的小男孩形象，也随之浮现在眼前。

“上学，上学，一定要上学。”一个坚定的声音传过来，“老胡，这里有一千元，你拿着，现在就送孙子去上学！我和你一块儿送他到学校去！”

沈允泰的头动了动，先前的微笑变成一丝震撼和惊诧，他猛地坐起来，伸手一摸，额头上竟冒出丝丝的汗珠。

“老头子，你刚才做梦了吧，上学，上学，你一定又想起哪个孩子啦！”王小蛾伸手拾起抖落到地上的衣服，站起来望着允泰。

沈允泰轻轻摇摇头，笑出了声：“我真的又做梦了，这次又不像是做梦。赵伟这孩子，他八岁那年的哭声，揪心又醒魂呀！”他端过小蛾递过来的开水，喝了两口，又自言自语说：“五华顶山区，可是咱青年时革命的地方，多回报人家，才对得起自己的良心。”

王小蛾对着镜子，轻轻理顺脸颊上的一绺发丝。虽然上了年纪，她眼睛里露出的神采，仍流溢着种种期盼。“老头子，建庙的呼吁已经有了着落，修山道和植树也已行动，就是这助学的事，火炬还要举得更高，照得更远！”

“老伴，你倒是提醒了我，我得继续整理特困生助学簿，我已经整理到第九本，还剩两本，就到今年的了。从一九九五年遇到赵伟开始，咱也是一年没落下过！”沈允泰走到书房，拿起助学簿，放在院子里的桌子上，边查边记。小蛾也戴上老花镜，蹲在旁边，她看着允泰簿子上密密麻麻的小字和旁边添上去的说明，想着这些年来不断加入的助学大军，真的连成了萤火阵。院子一侧的桃树和李树，树皮和枝条微微发亮，过了冬天，又会挂满一树的桃李。

二老正忙着，邻居戚小光和沈树人围过来聊天。戚小光告诉二老，四子戚东庭打来电话，想再要十位助学名额，每年为学子提供一万元，资助到大学毕业。沈允泰和王小蛾拿出写有“二〇〇六年助学簿”的本子，将戚东庭的要求记下，说：“小光呀，你家东庭真仁义，富了不忘家乡，我琢磨，这笔捐助侧重给五华顶山区的孩子，算上马建坡经理给的十万元，咱成立个‘五华顶山区希望工程捐助小组’，你看好不？”戚小光点点头，端过小蛾沏的绿茶，轻轻啜上一口，顿觉唇齿生香。“东庭的上海远洋贸易公司做得挺红火，他最近去加拿大，等回来以后，他还要带公司的领导到学校看望呢。”戚小光一脸的骄傲。

“走，咱们四位一起去，让你俩体验体验助学的快乐！”沈允泰一挥手，仿佛在号召大家来从事一场捐资助学的革命，他的眼睛里闪动明亮的光泽，就像当初在青救会时那样。戚小光和沈树人早已受到二老的感染，听到允泰的建议，当即赞同。四位老人坐两辆电动三轮车，越过黑马河，很快就到了五华顶山区的农家。

一周下来，四位老人探访三十多家，筛选出十五家建档立卡。他们翻山过壑，访贫问残，被乡亲们称为“爱心爷爷”“爱心奶奶”。“义务助学使人快乐啊！”沈允泰对戚小光说，“爱心老板捐的钱，没有一分经过我手的，我直接将卡号发给他们就行了。”戚小光和沈树人这次亲身眼看到沈允泰一边吃胃溃疡的药，手捂着腹部，一边耐心地落实助学细节，哪会有一点不相信二老的呢？“二叔，你的爱心一定能流芳百世啊！”沈树人说。

山风吹拂，山脚下片片暖意。那些美好的心灵，就如这山山川川里生长的花草，不久就会以盎然的生机点燃生命的色彩。

“爷爷奶奶，我压力太大，整天睡不好，这次考试，成绩下滑一百多名。”手机那头传来赵伟的声音，这声音低沉，嘶哑，带着哭声。“孩子，你一定是累了，欲速则不达呀，考不好不要紧，爷爷、奶奶站在你身后，给你顶着呢。”沈允泰坚定地说，他一手举起手机，一手将拳头举起。小蛾跷着腿，将脸凑上去，也连连地安慰赵伟。赵伟挂断电话后，允泰和小蛾怔在那里，像两尊准备战斗的紧挨着的雕像。

外面飘起雪花，寒风在院子里吹来荡去。赵伟这孩子，父母去世后，心里一直有点脆弱，现在上高三了，他的焦虑更明显了。“老头子呀，我看得去学校探望他，这孩子的心理需要疏导。”小蛾说完，就到屋里收拾包袱，允泰骑上电动三轮车，带上给赵伟捎的礼品，和小蛾一起往三十里路外的学校赶去。二老冒雪来到宿舍时，赵伟竟一个人在那儿独坐，不停地抹眼泪。小蛾拉起赵伟冰凉的手，紧紧贴在自己胸前，赵伟竟哇的一声哭出声来。

暮色时分，二老走时，赵伟和他的班主任一直送到校门外。赵伟挺起胸脯，眼里闪烁自信的光芒，二老拍拍赵伟身上的雪，鼓励他多读经典，汲取力量。赵伟走后，二老望着他的背影，欣慰地笑了。他俩的身后，是紧挨的脚步，是坚定的、清脆的回声。

对于教育事业来说，持久和接力是最重要的，二老就是这样的人。新年一过，二老辞去吃请，却跑到五华顶庙会上宣传助学活动。庙会人山人海，五华顶上成了欢乐的海洋，二老在山道旁设一个宣传点，一忙就是一天。

“奶奶，还是我俩来吧。”一个轻柔的声音传来。

王小蛾惊喜地转头，果然看到孙媳妇蔡桃李正站在不远处，孙子沈士天在那边扶住爷爷沈允泰，正亲切地谈话呢。

“果然让你俩给找着了，我不回去，没看我正在工作吗？”沈允泰拉着孙子沈士天的手，让他俩先回去。

沈士天和蔡桃李却没有走，而是从包里拿出一张烫金证书和介绍信，沈士天夫妻在南京师范大学工作，这次作为青年教育局专家，专程回乡推广新课程理念，已经和县教育局签订了联合办学的合约。

“爷爷，奶奶，咱们爷孙牵手，你捐资助学，我和桃李送课下乡，共同振兴地方教育啊！”沈士天笑着说。

“那好呀，把省城的好经验带过来，把你的那个‘自由，平等，个性表达’的课题也带过来。”王小蛾拉着他俩的手如数家珍地说。

助力教育，点燃一颗颗不屈的心灵，也除去束缚自身灵魂的外壳。于是，众多的心灵，自由的、澄明的、欢快的心灵，组成了繁星灿烂的生命天空。蔡桃李站在爷爷、奶奶和丈夫的身旁，看着这满山的翠绿和簇拥而过的乡亲，随口诵出《教育之思》这首诗：

河流，是田野的血液，
湖泊，是大地的血液，
人心，是岁月的血液，
孩子，是山村的血液，
教育，是孩子的血液。

十一　五华风

沈允泰吃过饭，坐到藤椅上的时候，阳光洒在屋顶如一面闪亮的镜子，他不用看手机或听报，就知道一定是上午九点左右。不用抬头就能看到三五成群的鸽子在院内飞飞停停，一身洁白，小巧可爱。它们咕咕咕地叫个不停，仿佛在用简单的音符，传递阳光里的种种快乐之情，感染着沈允泰的心。身边的青藤，顺着院墙往上探，拉出一条长长的悠悠的身形，而无花果和桃树，则铺满一大片，将院墙紧紧地锁成绿色通道。

换上小蛾递过来的雅戈尔衬衫，允泰觉得和前一件红豆衬衫也没什么两样。小蛾老师倒一改平日的素雅，竟然还点了口红，洒了香水，穿上老布鞋。当然，儿媳妇李红在旁边帮忙化妆，还提醒她穿上七十年前流行的对襟褂，乐得她直夸儿媳妇能干。进入山道，五华顶的风就来迎接他们了。这是一种混合森林和山土的风，舒适又熨帖。它亲和，有劲道，像是从历史和文化的深处吹来，激荡着允泰和小蛾的心。

“奥运圣火传递到哪儿了？”沈允泰问身边的沈山川。

“老太，圣火应该传递到喀什市了。昨天，已在乌鲁木齐市传过了。”沈山川说。他只有十四岁，刚从南京回来不久，两个月前还获得奥林匹克省一等奖，正准备到少年科技大学学习。他拉着奶奶和妈妈的手，高兴地说：“我也喜欢老太和爷爷的五华顶，等我高中毕业后，我要在这里种一片薰衣草，将五华顶之恋延续下去。”

大儿子沈东明和薛花开怀大笑，边走边拉起沈山川的手说：“大孙子，别急着回南京，让老太给你讲文天祥和关羽的故事，这忠义精神，是每个来五华顶的人都应明白的。”沈允泰和王小蛾将曾孙沈山川拉到自己身边，和他讲起五华顶上的忠义故事。沈山川高兴地拿出本子，不停地记着，准备留着回去看。

“山川呀，这两株银杏树，是我和你老太后栽的，至今也有三十多年喽！”二老仰起头，看成人腰粗的银杏树举起万片叶子，正在那里精神抖擞地张扬生命的力量。

“再过些年，咱们这两株银杏树，就成为五华顶新时代的象征喽。你看呀，庐山上的银杏，景德镇的香樟树，钟山陵上的松柏，不都是咱国家兴旺的树种吗？”王小蛾说。

沈允泰仿佛受到启发，眼神里闪动兴奋的光芒：“现在这日子呀，就像是一株富裕树。”

“老头子，你就是闲不住。二〇〇三年非典，你让我和你一起送口罩，做志愿者，还为小区的楼梯消毒。穿着白大褂，戴着大口罩，咱俩都变成民间医生喽。”王小蛾站在银杏树下，想着和允泰这十多年生活的细节，十分欣慰。

突然，二老好像想起什么，向西拐过一个坡，在路边一块褐色石头旁停下。这块石头有桌面大小，三分之二的面积没于泥土之中，岩面粗糙，岩沟纵横，下方有少量的风化岩片。沈允泰知道，这块岩石的颜色里，渗透着中国人的鲜血，是日本屠杀中国抗日民众的见证。允泰表情凝重，低头默念起来：

当年与你相遇，战火催我奋起。身边青石板路，坦荡不惧风雨。

今日与你相遇，始知你有温度。日月渗透脉络，历史不能忘记。

铮铮骨骼浸润，忠节仍有硬度。微红的文化斑纹，始终与太阳争辉。

只有纯洁的使命，才配拥有纯洁的能量，一生的时光，便成了盔甲。

王小蛾和沈允泰并肩站立，如两棵不老的松柏，以坚贞的心灵，回忆那些不停前行的日子。犹记宿北大战时，二老和众多的村民运送子弹，组织担架队和运输队。妇救会烧火做饭，筹备粮草，为了过淤泥河，全村家家把大门的门板卸下，硬是在淤泥河上铺成门板桥。一段段光荣的历史，在他们的血液和精神里养成气节，不断地激发奋斗的热情。

纯洁的心，仿佛系在闪亮的星辰上，虽然遇到乌云和狂风，伴随恐惧、胁迫及诅咒，而来自心间的种子，仍会不停地闪亮。二老不约而同地举起手，向着岩石，向着岁月，行庄严的军礼。阳光暖暖地照在青藤上，一株株青松在山峦和斜坡间傲然屹立，它们紧紧靠拢，站成战士的姿态。“你看这些松树，多像咱中国共产党，把根扎在民众之中。那些阴暗角落里的霉菌，在污泥浊水中显得多么阴暗扭曲。”允泰对小蛾说。他俩望着远处的湖水，享受着自由欢快的时光。清新的风拂过他们的面颊，永恒和执着的爱在风里滋生，如雨燕在翩翩。

二老在儿子儿媳妇的陪伴下，来到不远处的一个石凳坐下。透过树林，允泰可以看到右前方矗立的厂馆，听到隐约传来的机器轰鸣声，他站起来看，甚至可以看到戴着安全帽的工人。他明白了，原来这里离正在修建中的奥运观览大厅不远。允泰拿过儿媳薛花递过来的军水壶，咕咚咕咚地喝上几口，心中顿觉清凉许多。小蛾见允泰眼里闪着亮光，喝水也这么有劲儿，就站起来用手轻抚他的后背，轻轻哼唱黄梅小曲，两人快乐得像一对小青年。

二老面前，不断有游客走过，或亲密交谈，或勾肩搭背，其乐融融，与山林共动静。“快，快，请二老挪一点位置，她的腿受伤了。”一位中年人对二老说。只见一位金发碧眼的女郎，约莫三十岁，她正捋着左腿，蹲在二老的石凳旁。她的小腿肚处被划破了，正在流血，显得很无助。王小蛾灵机一动，站起来走到石头后面，果然发现一株端午株，她取下两片端午叶，熟练地在手心轻轻揉两回，见叶片中间的汁液已流出，就走到这位外国女子身边，将端午叶敷在伤口处。这位女子起初疑惑地看着王小蛾，不明白她的意思，渐渐地，她明白了益处，她的伤口不再渗血，也不疼了。她站起来，活动一下，竟如什么事儿也没有。她看着这椭圆形的绿色叶片，伸出大拇指。

“中药真神奇，中国人真棒，中国真棒！回去后，我要好好宣传这不用住院、几分钟就能治愈创口的神药。”这位金发碧眼的女郎说完，采集几片端午叶子，小心地放在包里，自信地往山下走去。

这位金发碧眼的外国女子走后，王小蛾又搓了一块端午叶，敷在丈夫沈允泰的手上，说：“老头子，这端午叶也叫艾草，清凉消炎，可以预防蚊虫叮咬的。”她转过头，看见儿媳李红的眼角有些红，忙拉她坐在凳子上，自己站起来。“真是巧呀，今天穿着对襟小褂，派上用场啦！”她解开下摆处的一个布纽扣，低头沾上汁液，往李红的眼角处轻轻按下。按了七次，李红竟感到好多了。“明天再按七次，连续七天，包好。”沈允泰在旁边说。

和煦的山风从石凳上的亲人间吹来，带着浓浓的亲情，温暖了山道上南来北往的人。八月八日这天，人们争相涌上五华顶，一睹奥运场馆的风采。四面八方的风，从奶奶山那儿，从虎山、斗山那儿，从黄花菜岭那儿，盘过来，旋回去，增添了温度和厚度。风中，有无数的笑脸和五彩缤纷的颜色，在阳光下更显出纯净和绚丽之美。

“走喽，重登五华顶后，看北京奥运会开幕式喽！”戚运河看着聚在村头的人，挥手大喊起来。沈东方和儿子沈士华坐在车上，把运河请到里头座位上。

“哈哈，有朋自远方来，不亦乐乎。”王建通举起挂在身上的玉佩，招呼大家上车。他一直举着玉佩，仿佛这才是他心里的象征。

于是，全庄老少，分成七八辆车，向五华顶前进。沈允泰和王小蛾坐着车，走在最前面，他俩面前的笼子里，两只鹦鹉傲然四望，像尊贵的国王和王后。车顶呢，不时传来咕咕的叫声，三十多只洁白的鸽子也随着主人一起前行。

“中国好，奥运好，老人们好！”鹦鹉的问候语如清水流动，脆脆地在大家的耳畔飞响。

“中国好，奥运好！”沈东方和沈士华学着鹦鹉的话，逗得大家哈哈大笑。父子俩谈起五华顶，也是滔滔不绝：“春秋时代的国士钟吾子，元明时代的佛家绍清，清代的雅士王相，近代的将帅陈毅、粟裕，再加上我们这些‘富市’，富起来的市民，哈哈，就是‘五华风’呀！”美丽的五华顶，在无数的脚步声中，散发出清爽的文化之味。在月亮和星星的眸子里，人们的心企盼，升腾，聚成一团纯纯的圣火。

后　记

经过五年的努力，这本《五华顶之恋》终于完成，我想把它献给五华顶山区这块灵动的土地，献给我的那些淳朴善良的父老乡亲，献给我不断奔跑、不断丰满的鲜活岁月。

我喜欢文学，不仅是童年看的那一百多本小儿书，也不仅是高考后上了中文系，还因为我的生活里一直存贮着文学的力与美。文学入梦，壮我情怀，激励自我，不甘平庸。

文学入梦，是源自那片童年的田野。暴雨袭过来，繁花开过来，严寒冻过来。那时我常握一根细长的树棍，赤着脚丫，追着在田野里觅食的鸭子。我起初和禾苗一样高，和一只鸭子、一只野兔十分亲密。我身上沾着泥腥泥点泥味，脸颊透红，眼睛亮得恰如春日的潭水和天上的星辰。渴了，我就趴在沟边饮水，饿了，就在土埂上寻嫩苗。我遍尝这百亩地的百草，能用石头擦打出火花。十年的晨雾落晖骄阳暴雨，冶炼我康健又不屈的灵魂，也让我见证大地慈母的裸露和变幻莫测的神奇。晶莹的露珠、潺潺欢歌的流水，以及朴素淡雅的野花，已经成为我生命信仰的一部分，以至若干年后，在霓虹灯的光影里我还能嗅到它给予的清香。田野好比一块硕大的魔板，藏有无尽的动态奥秘，演绎着语文、数学、医学、天文、生物等百科知识。它赤橙黄绿，它清浊自辨，它精气有神。我知道一切关于健康、灿烂、充沛，以及和谐、敬畏和慈悲，都是田野赋予的。各色谷物一茬又一茬，该熟的时候熟，该走的时候走，万物并育而不相害。它们是自然之子，灵善自注心间。

从田野到课堂，我心中的梦想，如不断蓄势的风帆，在知识的海里破浪。在困乏的物质生活，在难熬的平凡日夜里，心泉里竟滋生出文学的芽来。读过几遍《三国演义》之后，关羽的忠义本色和他傲上护下的英雄血液竟流入我的灵魂深处，化为我的个性思想。直到现在，在无数次碰伤之后，我的心仍为之骄傲。从翻看各种小儿书，到如饥似渴地汲取名著的营养，我的心灵逐渐变得超越。考上师范学校后，我开始研读现代诗，受着诗歌气韵的催化，我的写作冲动就像当初的田野，时而电闪雷鸣，时而风朗气清。但凡喜欢文学的人，他们的心灵里一定装着许多卓越的精神，并试图将之在生活里栽种。大学毕业时，同学们开始物色好的工作，我还沉溺在象牙塔的幻觉里——我爱上了西方文学。我如饥似渴地摘抄那些闪光的哲理句，拜伦、庞德、叶芝，甚至是尼采，以及普里什文、普希金和屠格涅夫，把我的心染得更为纯粹，更为苍凉，我甚至要虔诚地拿出生命去模仿。应该说，我最初是跌进工作岗位的，就像是跌在一块生硬的冰面上，固然我可能是一团刚烈的火，也只能是灼成灰点。我只有压抑自己纯洁的内心，让大脑在庸俗中嘻嘻哈哈，强迫自己服从现实的抉择。十年一晃而过，我已经麻木在各种欲望里，只剩下一个沾满柴米油盐的大脑。那些曾经的经典，如天上无根的云，在遥不可及的地方吹来荡去。

肠胃催我奋斗，大脑让我庸俗，心却使我高洁。因着勤奋，我获得一点庸俗中的荣誉和利益，曾应邀到南京、无锡、南昌和北京去讲学，也学会了一些应酬，大脑也变得有些圆滑、世故和贪婪。忽然有一天，庸俗的心里灵光一闪，我看到文学的心正承受着蒙浊的痛苦。我的心病了，它仿佛向我发出强烈的控诉说："不能这样，不能这样，我需要清爽的文学心。"此时，大脑却坚决地说："我要名和利，我有能力赚取更大的财富，你为啥这样说？"田野的清爽从我心间泛起，心的呐喊让我阵阵寒战，我只好又关注我心之所需了。我知道它需要文学，只有那些文学经典可以复活我的心。我开始邀请惠特曼、泰戈尔、尼采以及屈原、陶渊明、苏轼等，到我心间畅谈思想，于是，我的文学之心又获得了那久违的清泉。它还带给我善和慈悲，让我身心愉悦，让我听到了欢喜在心间唱出的歌唱。

我写呀写，将尘埃掘出心间，为心灵砌一间天籁之室；我掘呀掘，要将童年的芽植入思想，引来田野的清爽。不承想，我入梦文学之后，就患上一种病，这种病且喜且哀，不妨起名叫“文学脱俗症”。文学即人性，于行进中激石而歌，或是浪花，或是利剑。我开始觉察到周围人的麻木和贪婪，甚至厚黑，我到处寻找象牙塔，却被生存问题缠得痛苦不堪。我孤独我狂傲，我独守我超越。我拿着堂吉诃德的长矛，对着风车决战；我扛着红旗，到六盘山上漫卷西风；我学着庄子，将那被束缚的物种尽情地嘲笑。入梦文学，是底层小文人的孤单与商业弥漫下的各种丑态的对决，是俗身的生存贪念与心灵的洁净清爽之间的对决。现实之我相当于海洋，要将我淹没，文学之我相当于海之浪花，欢腾呼啸。烟火的浊气，钱财的邪念，挥手间变为脚下的灰尘。你中有我，我中有你，思想就随之产生。我的文字是“两个我”共同酿造的蜜，是抖落的羽，辉煌一刻，终落心湖。胸中的良知，在不熄地燃烧，照亮我的诗行。

我拒绝商业化的文字，也不愿在文学圈子捧场，心灵世界的王冠，只向着灵魂的云头加冕。写作之于我，就是用笔去挖掘心中的泉水，擦洗伤口，收藏纯粹、超然的生命状态，激起些许的激情。我的心又飞向那康健的田野，为文学找一个法则，为忠孝义的价值观找一方栖息地。童年的田野有自己的生命法则，繁育亿万，洪荒不老。一切的动物，包括孩童，都可以从田野里找到胎盘之根，游走之气，找到心之归宿。村庄只是田野的孩子，河流和山峦是它的一种姿态，树木和花草是它灵动的触角。只要田野开始呼唤，浮躁的个体必将理性，冰冷的柏油路也会颤动。因为田野的呼唤，是道德、法则的呼唤。文学顺应了天然的人性，也一样遵循田野的法则，一样遵循生命的各种法则。

太阳的车轮驶过天宇，点燃了无数生灵的梦想，照亮了我们的多彩年华。文学在人性的法则中，流出文字、经典以及一切的美德，浇铸宗教的塔柱。于是，天籁之美和知识之美如一双轻灵的翅膀，将沉重的身体轻轻驮起，飞向那道义之美的巅峰。我想，文学给了我一个纯洁的心灵，我应对她百般呵护，虽然这和金钱、地位无关。以后的时光里，我希望我的文学心，如蒲公英一般飞进那些更年轻的心灵里，为生命点燃亮色。

一本书，一段思想的宝库。七十年的岁月，如晶莹的玉石闪耀在五华顶的历史里，活跃在今日五华顶山区老乡们的心头，装点了今日五华顶景区的神奇。

放眼望去，百花盛开的喜庆，洋溢在人们的脸上。我边走边看，感受着这个时代的强大和富足，我真心地希望我的这本书，能给读者带去香甜和激情。

2021 年 8 月 1 日